銀川 이춘원 제12시집

깊은 밤에도
나무는 푸른 꿈을 꾼다

나무, 깊은 밤에도 푸른 꿈을.....

나무는 햇빛을 받아 푸른 잎으로
광합성 작용을 한다
꽃을 피우고 열매를 키우는 양분을 만든다
나무는 칠흑의 밤이 되어도
내일을 향한 삶의 목적과 의지인
푸른 꿈을 꾼다
그 꿈이 나무를 숲의 주인공으로 살게 하고,
아름다운 생명을 키우는 숲의 어머니가 된다
이것이 숲이 푸른 이유이고,
숲이 세상의 소망인 이유다

상황은 의지를 넘어서지 못한다.
현실의 벽에 부딪혀 아파하고 절망하는 눈물이여,
깊은 밤 어두움에 휩싸여 엎드려진 삶의 의지여,
이제 곧 밤의 적막이 걷히고,
빛의 시간이 오리라
저 푸른 나무처럼,
캄캄한 밤에도 푸른 꿈을 꾸는 나무처럼
소망의 숲을 가꾸는 삶이여,
축복 있으라.

2023. 10. 10

銀川 서재에서

목 차

제1부 · 나무의 서사시

제2부 • 가을빛 감잎에 들다

제3부 • 물고기 어항을 떠나다

제4부 • 삶은 버티며 사는 거야

제5부 • 초승달이 서쪽으로 기울고

제6부 • 본향 찾아가는 길

제1부
나무의 서사시

그 모습을 우두커니
바라보노라니
스쳐간 인연들이 생각나
눈이 젖는다
땅이 온통
황금빛 눈물바다다

나무의 서사시
- 나는 은행나무다 -

참 오래
이곳에 서 있었다
한 번도
자리를 떠나지 않은 채
오늘도, 여기에 서 있다

같이 살던 사람들이
수없이 떠나가고
이제는 텅 빈 집을 지키고 있다
사람이 떠난 집은
참 쓸쓸하다

그 모습을 우두커니
바라보노라니
스쳐간 인연들이 생각나
눈이 젖는다
땅이 온통
황금빛 눈물바다다

* 아산시 배방읍에 맹사성 21대손이 살고 있는 고택에는
  700년 된 은행나무가 늠름하다.

꽃다지의 봄

봄바람 스쳐 간 자리에
무심한 듯
흔적 하나 남았습니다

노란 꽃다지 무리가
바람에 흔들려
꽃바람입니다

양지에 모여
재잘재잘거릴 때
언덕 위에
하양 나비
노랑나비
춤을 춥니다

동백꽃이 웃고 있다

여수에
종일 비가 내리고 있다
바다는 회색빛 서러움에 떨고
슬픈 전설에 붉게 물든 동백꽃,
동백꽃 떨어져
오동도가 눈물바다다

산비탈 오름길에
막 피어나는 동백꽃,
동백꽃이 웃고 있다
설핀 가슴 나무에 매달려
가끔은 눈물 뚝뚝 흘리면서

동백꽃이 웃고 있다
온몸으로 툭 떨어져서도
젖은 땅 차가운 돌 위에서
동백꽃은 환히 웃고 있다

오동도에
슬픔처럼 비 내리고
동백꽃은 울컥울컥 웃고 있다

사색하는 부엉이

스산한 바람 불어
가을이 깊어가고
숲의 공허가 한 잎 낙엽에
살포시 기댄다

빈 나뭇가지에서
부엉이 한 마리 사색을 한다
꽃다운 지난날을 추억하는가
다가올 추운 겨울을 걱정하는가
홀연히 길 떠난 나뭇잎
부산하던 산새들
다 어디로 갔을까

억새 바람 스산한 숲속에
텅 빈 마음으로 사색하는
솔부엉이 한 마리
매운바람 속에서
또 한 세월을 견디고 있다

가시

간난의 삶을
견디기 위한
나의 열심이
또 하나의 가시가 되어
사랑하는 사람을
찌르고 있지는 않은 지

심히
조심스러운
오늘이다

상수리나무를 만나다

멋지게 깃을 세운 상수리나무 한 그루를 만났다
수십만 장의 손바닥으로 푸른 바람을 일게 하는
그는, 숲을 지배하고 있었다

어느 날, 먼 나라 전설처럼 서 있던
상수리나무가 파랗게 질려 있다
(도토리거위벌레가 톱날을 들이댄 것이다)
무참히 잘려 나간 어린 가지가
풋열매를 달고 속절없이 떨어져 버린 날
감당할 수 없는 상처를 안고
상수리나무가 하르르 떨고 있다

비가 내린다
숲은 차분하다
나무가 비를 맞고 산길이 젖는다
후두득 후두득 빗방울 떨어지는 소리가
숲의 고요를 흔드는 날

숲에서
아버지가 울고 있다
키 큰 상수리나무가 흔들리고 있다

봄을 노래하다
-민들레의 노래 -

눈물이 난다
아스팔트를 딛고 선
가녀린 발바닥을 생각하니
아마도 생채기 위로 딱지가 앉았을 거야

잎사귀 깊게 갈라진 것도
그 아픔 아니겠는가
고개 들고 하늘 우러러
기다리는 인고의 세월이 보인다

세상은 땅 한 뼘도 아까워
저리 굳어 가지만
아픔을 하소연도 원망도 없다
저 작은 틈으로 나를 받아주니
푸른 생명으로 존재하는 것 아닌가

따사로운 햇살이 위로가 된다
너를 닮고 싶어
속 빈 꽃대 하나 올리고
노란 꽃 한 송이 웃고 있다
이렇게, 봄을 노래한다

조장

가을 숲에서
팥배가 익어간다는 것은
겨울새에게 내리는
하늘의 축복이다

몽골에서
죽음은
 '자연으로부터 와서
 자연으로 돌아가는 것'
주검으로 넓은 바위에 누워
배고픈 새들을 기다리는 것

겨울 하늘
빨간 열매가 시리다
가난한 겨울산새를 위한
거룩한 침묵
또다시 자연으로 돌아가는 길
아름다운 기다림의 풍경이다

나무 비탈에 서다

설악의 겨울은 매섭다
바라보기에도 아찔한 절벽
겨울바람마저 미끄러지는
비탈에 소나무가 서 있다

세상에 가장 소중한 생명
푸르게 키우려
비탈진 바위산에
나무가 서 있다

세상 바람이 차다
어디에도 발붙일 곳 없는
냉혹한 현실 앞에서
자꾸만 쓰러지면서도 다시 일어서려고
꿈이 잘려 나가는 세월 속에서
발버둥을 치는 한 사람이 울고 있다

겨울나무
산비탈에 서 있다
더디 올지라도
오리라 약속한 봄을 기다리고 있다

무당벌레

빨간 등갑 위에
별이 일곱 개
칠성무당벌레

자운영 꽃에 쏙 들어가도
민들레 갓씨 위에 살포시 앉아도
꺼끌꺼끌 보리 이삭에 붙어 있어도
언제나 예쁜 숲속의 보물

다섯 살배기 꼬마 아가씨
모자에 달아주면
"무당벌레 브로치 정말 예뻐요"
분홍 신발 우리 손녀
팔짝팔짝 뛰겠지

광대나물꽃

봄 햇살 오래 머문
비탈진 양지쪽에
분홍빛 립스틱 곱게 바른
아가씨들 수다가 한창이다

요즈음 트로트가
큰 물결을 이루고 있다
방방곡곡에 숨어 있던 노래꾼들이
코로나 블루에 젖어 있는
사람들을 위로하고 있다

숲에는
광대 아가씨들의 사랑 노래가
메마른 숲을 위로하고 있다
반드시 봄이 돌아온다고
겨울 강을 먼저 건너온
보랏빛 웃음이
세상을 들뜨게 한다

방동사니

– 고난이 축복

나를 가두어 보아라
숨통을 조여
검은 아스팔트로 하늘을 가려보아라
사모함이 어둠 속에서 더욱 간절하니
언젠가는 밝은 빛을 보리라

그곳에 있었다
축복의 문이 고난의 끝에서
잠금을 풀어둔 채 기다리고 있었다
고난에서 영근 믿음으로
세상 풍파에 흔들리지 않으리니

나에게 세상이 모를
덩이뿌리가 있으니
엘리야 시대에 숨겨놓은
칠천 명, 그들의 기도라

* 방동사니는 아스팔트 밑으로 덩이뿌리를 키우고 뿌리를
뻗다가 아스팔트 틈새가 보이면 그곳을 뚫고 세상으로
나오는 생명력이 강한 들풀로 '들풀계 천하장사'다.

쇠비름

― 오색초, 고난의 길에서 생명을 노래하다 ―

붉은 줄기는
불그스레한 아버지 얼굴 닮고
푸른 잎은
목마르지 않을 넉넉한 어머니 젖줄
노란 꽃은
앙증맞은 아기의 해맑은 웃음이라

검은 빛의 씨앗은
생명의 신비를 품은 어둠 같고
하얀 뿌리는
암흑에서 지켜온 순결한 마음이어라

꺾여도 쓰러지지 않고
거름더미에 내던져져도
다시 사는 강인한 생명의 힘

고난의 길에서 살아야 하는 삶
그 길에 우뚝 서 있는
짙푸른 이정표

* 쇠비름은 밭이나 빈터에 자라는 잡초로 뽑아버려도 그곳에
  서 뿌리를 내리고 사는 강인한 생명력의 한해살이풀이다.

가을대추

긴 세월의 흔적을
몸에 새기고
합죽이 미소로
태연하게 익어간다

탱글탱글한 낯빛에
빛나는 연둣빛 대추가
그 한여름 해를 삼키더니
너무도 뜨거웠나 보다
온몸이 타들어 가고 주름살이 가득하다

속절없이 늙어가는 몸
깊은 주름살에
달콤한 맛이 들고
이 가을에
빙긋이 미소 짓는
세월이
바람 곁에 서 있다

청송 용전천 왕버들

수령 삼백 년
왕버들에
빨간 사과가 많이도 달렸다

사과가 열렸으니
사과나무 아닌가

사람들은,
열매를 보고 그 됨됨이를 안다는데
나에게는 어떤 열매가 달렸을까

청송에서는
왕버들도 사과가 열린다

* 2019. 11. 1. 청송사과 축제장 용전천 왕버들에 주먹
  보다 큰 사과를 주렁주렁 달았다.

겨울, 연 꽃대

겨울의 문턱에서
바스락거리는 마른 몸으로 서 있다
한 날이 지나가고 또 한 날을 기다린다
온몸이 물에 잠겨있는데
왜 이리 갈증이 날까
몸은 왜 이리 아득할까

발목까지 시린 기운이 오르고
더 이상 피할 곳이 없다
말라버린 정신 줄 위에
화려했던 지난날이 오락가락한다

하늘을 가릴 만큼 넓은 잎의 꿈도
올곧은 꽃대에 피운 아름다움도
오롯한 추억 한 편으로 물러서
그렇게 겨울 강가 마른 줄기로 서 있다

아스라이 떠가는 물결을 보면서

제2부
가을빛 감잎에 들다

새벽빛 사모하지 않으면
찾아오는 임의 모습
볼 수 없기에
이른 새벽부터
발돋움하고 있는 그리움
파란 하늘에 젖어 있다

커피 향에 그늘지다

몸을 녹여
향기가 되다

향기에 젖은
삶이
먼 옛날 가슴 다독일
추억이 된다

창밖에
흘러가는 불빛 따라
멀어져가는
그대 발자국 소리

커피 향에
야릇한 그늘이 진다

괭이밥

작은 이파리에
고운 사랑 머금고
하늘 향해
황금빛 웃음 피운다

풀숲 가장자리에서
하늘만 우러러
가슴을 여닫는
괭이밥

눈부신 사랑
살포시 담아
보고픈 얼굴 그려내는
그 품에 안기고 싶다

* 황금빛 꽃을 피우는 괭이밥은 심장 모양의 세 잎과 꽃이
  밤이면 닫고, 해가 뜨면 연다. 잎으로 거울을 닦으면 그
  리운 사람의 얼굴이 거울 속에 나타난다는 전설이 있다.

장미

작은 공간에서
오색찬란한 옷깃이 나풀거린다
창밖을 향한
발돋움이 보이는데
그곳에는 이미 향기가 와있다

아름다움은
그리움의 눈으로 볼 수 있다
그리움은 사랑의 또 다른 빛깔
순간순간 다가오는 색감이 다르다

장미 속살이
보일락말락
그곳에서
야릇한 사랑이 싹트고 있다

* 어느 화랑에서 장미꽃 그림을 보고

가을빛 감잎에 들다

늦은 아침
아파트 현관을 나서는데
싸한 바람 한 줄기가
빠른 걸음으로 들어온다

한 손에 들려 있는
붉은 감잎 하나
가을빛이 물들었다

감나무 높은 가지에
붉은 잎사귀가
파란 하늘 아래 참 곱다
고향 골목길에 서 있는
수줍게 물든 낯빛
아, 그리운 순이다

나무와 나뭇잎

나뭇잎은
나무의 가지에
붙어 있을 때
생명이 있다

나무는
나뭇잎 없이는
살 수 없다

나뭇잎은 나무의 생명이고
나무는 나뭇잎의 고향

나는
나뭇잎이고
너는
한 그루 나무다

새벽에 기다리다

아침에 눈을 뜨니
잣나무 푸른 숲이 성큼성큼 들어온다
훌훌 털어버리고 숲길을 걷다
다소곳이 젖어 있는 미소를 만난다

달맞이 꽃잎 새벽을 맞고 있다
쉬 지고 말 운명이지만
이 새벽 찾아올 눈길 기다리다
마주친 눈빛에 반색한다
숲속의 밤이 안긴 선물이다

새벽빛 사모하지 않으면
찾아오는 임의 모습 볼 수 없기에
이른 새벽부터
발돋움하고 있는 그리움
파란 하늘에 젖어 있다

* 2018. 8. 11. 양평 '산속의 아침'에서

단풍별 지다

가을이 왔어요
단풍나무 위에도
울긋불긋 단풍별이
하늘에서 내려왔어요

서쪽에서 바람이 불어와요
단풍나무 가지가 흔들리고
우수수수 단풍별이 떨어져요
별은 땅으로 내려와도 아름다워요

별이 그러하듯이
우리도 어느 곳에 있든지
아름다웠으면 좋겠어요

겨울 강

겨울 강가
누구를 기다리는지
왜가리 한 마리
차가운 물 속에
우두커니 서 있다

바람 부는 날
서걱거리는
갈대울음 소리
홀로 서 있는
왜가리

그
시린
마음

테를찌에 핀 할미꽃

나 어릴 적
뒷동산 무덤가에는
할미꽃이 참 많이 피었다
한 번도 할머니를 뵈온 적 없어도
그 꽃을 보면 가까이서 본 듯하다
몽골에 와서 할머니를 만났다
마른 바람이 부는 언덕에서
보송보송한 털로 몸을 감싸신 채
"애야, 내 강아지야" 부르신다

먼 옛날 떠나가신 할머니가
그 추운 고개를 넘어오시느라
숨이 가슴에 차시나 보다
허리가 굽은 채 산비탈에 서서
호호 입김을 부시며
나를 기다리고 계신다

2019.5.6. 몽골 테를찌국립공원 가는 길에서

봄날은 간다
– 불효자의 눈물

'연분홍 치마가 봄바람에 휘날리더라 ~'
모처럼 친구들과 함께 노래를 불렀다

어머니와 한 아들이 살았다. 아들은 어머니의 삶의
이유요, 소망이요 꿈이었다. 어머니 장롱 속에는 열
아홉 새색시 적 입었던 연분홍 치마저고리가 그때를
기다리고 있다. "어머니, 그 연분홍 치마저고리는
왜 안 입어요?" "애야, 너 장가갈 때 입으려고 아끼
는 거란다." 어머니는 생각만 해도 즐거우신지 빙그
레 웃으신다.

어머니는, 남은 인생길에
한 번도 그 고운 옷을 입지 못하셨다
아직도 혼자 사는 아들은
눈물을 흘리고
어머니의 연분홍 치마는
오늘도 봄바람에 휘날리고 있다

※ '봄날은 간다'의 가사는 1973년 손노원이 어머님를
   생각하며 쓴 노래

돌탑

어머니가 그리워 돌탑을 쌓기 시작했다
어머니가 평생을 살다 가신 집에
밤마다 돌탑을 쌓는 아들은
오늘도 돌탑을 쌓는다

"언제까지 돌탑을 쌓을 건가요?"
"그리움이 다할 때까지"
어찌 그 그리움이 다할 날이 오겠는가
초로의 아들은
오늘도 돌탑을 쌓고 있다

어머니가 그리워 사진 앞에 선다
삶의 흔적이 고스란히 담겨 진
이마 위의 주름살을 바라보며
한 세월이 흘러가고 있음을 본다
어머니가 남기고 가신 눈빛 하나까지도
돌에 담아서 차곡차곡 쌓는다
야윈 어머니 떠나가신 그날을 생각하며
이 밤도 높이높이 그리움을 쌓는다

징검다리

아침 출근길에 무심코
도림천을 건너려 합니다
평상시 딛던 징검돌은 보이지 않고
물보라만 일으키며 시치미를 뗍니다
길을 내주지 않음이 야속하지만
그것도 그대 마음이라 생각하니
우두커니 바라만 봅니다

언젠가는,
이 다리를 건널 수 있겠지만
열리지 않는 오늘 길이 야속합니다

지금 보이지 않는 나의 길이
내일이면 환히 보일지도 모르지만
오늘은,
도무지 그대 기슭에
다가갈 길 보이지 않아
쓸쓸히 돌아서는 모습 뒤로
슬픔처럼 도림천이 흐르고 있습니다

가을하늘이 높은 이유

어느 날, 문득 생각해 본다
어머니 삶의 목표는 무엇이었을까
어머니와 자식으로 태어난다는
관계의 의미는 무엇일까

수십 개 잎의 눈물과 땀이 있어야
꽃 한 송이 피우는데
어머니는 그 작은 몸에
어떻게 그 많은 것을 감당하셨을까

나는 어머니의 꽃이었을까
어머니에게 어떤 열매였을까
바람 부는 날 행여 떨어질세라
노심초사 깊은 한숨이었을까

어머니가 떠나시고
가을하늘이 더 높아진 것은
때늦은 후회에 눈물 흘리는
자식의 한숨, 그 아득함이라

친구 생각

먼 길 돌아와
그대가 그리운 날입니다

그대가 남기고 간
은반지가 둥근 세상을 돌고 있습니다
이 끝에서 시작하여
한 바퀴 돌아 제자리로 옵니다

이제 곧 겨울이 오고
그대 우리 곁을 떠난 날이 돌아옵니다
삶은 돌고 돌아서
다시 제자리에 돌아오듯이
그대가 꼭 우리 곁으로
성큼성큼 걸어올 것 같은 날

하늘에 먹구름이 일고
비바람이라도 불어올라치면
미리 알고 이 가슴에
걸걸한 목소리
그대가 먼저 찾아듭니다

* 2017. 1월 떠난 친구(고 박인식)를 생각하며

커피와 詩

하늘을 담아
뜨겁게 영글던 몸
서서히 풀어내
세월의 인내와 땀의 무게
고스란히 담긴 커피콩에서
한 줄의 시를 탐한다

세상 거친 바람 앞에서
흔들리는 고단한 삶을 살아보았고
뜨거운 태양 아래서 온몸을 담금질하고
세상 그 어떤 말로도 위안이 될 수 없는
어두움 속에서
절대고독의 진저리도 쳐보았다

밤새 고백하듯 풀어내는
너의 향기가 낯설지 않은 어두움
눈물을 닦아주는 무명 헝겊 조각
저 깊이 담겨 있는 쓴 속내를 참아내어
그윽한 향으로 불어오는
너는, 아득한 나라
그리움의 고향

봄마다 어머니는 쑥을 뜯으신다

여든셋의 어머니는
오늘도 소망의 끈을 놓지 않으신다
쉰을 넘긴 아들이 들고 올 좋은 소식
색싯감 손잡고 들어 올 날을 기다리신다

봄이 오면 꽃보다 더 반가운 쑥 돋는 소리
어머니는 소쿠리 들고 쑥 캐러 가신다
금쪽같은 내 아들 장가갈 때
떡을 해야 한다며 쑥을 뜯으시는 어머니
한 해도 거르지 않고 쑥을 뜯으신다

이제는 들에 나갈 수 없지만
올봄에는 조용히 딸을 불러
"얘야, 막둥이 혼인 잔치에 쓸
쑥 캐러 가자"
어머니의 굽은 등이 시리다
어머니를 바라보는 맏이의 눈에서
이슬방울이 뚝뚝 떨어진다

* 2019. 7.24. 도전 꿈의 무대에서 전웅걸씨의 슬픈
  사연을 듣고

제3부
물고기 어항을 떠나다

빈궁한 삶의 공간이, 늘 불안한 호흡이
작은 가슴으로 감당하기 너무 힘이 들었을까
틈새에 끼어 말라비틀어지는 순간
가물가물한 목숨이 얼마나 무섭고 떨렸을까
어깨를 짓누르는 일상의 무게가
는개처럼 내려앉을 때
삶의 공허함에 몸서리쳤을
그녀를 생각하니
사람이 사람인 것이 너무 아프다

매화면 매화지

꽃은
꽃이면 된다
사람들이
꽃에 생각을 집어넣는 순간
꽃은, 이미 꽃이 아니다

오원 장승업은
일자무식의 머슴꾼
"매화면 매화지"
사실이 진실이라고 말하는
조선 최고 화가다

매화는
매화다
지조와 절개
고고한 성정의 상징 아니라
그냥, 매화일 뿐이다

양철나무

북한강 가에
양철나무 한 그루가 서 있다

찌그러지고 뒤틀어진
열매를 주렁주렁 달고
바람이라도 불어오면
막걸리 거나하게 취한 촌부처럼
쉰 목소리로 노래를 부른다
덜그럭덜그럭 노래를 부른다

사람은 그 열매로
됨됨이를 알 수 있다는데
나는 무슨 열매를 맺고 있는가
바람을 만나면 어떤 노래를 부를까
오늘 부를 나의 노래는 무엇일까

귀소본능

떠나온 곳을 모르니
돌아갈 곳도 없다

떠나온 곳을 몰라도
돌아가야만 한다면
서러운 저 길 한 모퉁이에서
그 길이 보일 것 같아
조금씩 길어지는 해 그림자를 본다

점점 사라져가는
조각 빛을 따라가면
떠나온 곳을 찾아갈 수 있을까
늘 웃고 사는 저 빛은
돌아갈 곳을 알고 있지 않을까

캄캄한 밤이 오기 전에
흔들리는 걸음이지만
저 빛을 따라가면
산등성이 저 너머에
본향이 기다리고 있을지도 몰라

낙타를 기르는 일이 좋다

나는
자르살메르*에 살면서
낙타를 기르는 것이 좋다

끝없이 펼쳐지는 사막언덕
반짝이는 금빛 모래는
하늘에서 내려온 아름다운 별
땀과 눈물이 범벅된 그 길에
저벅저벅 걷는 발걸음
누구에게 소망이게 되고
그 길에 떨어진 눈물이 되는

묵묵히 사막을 건너는,
무릎을 끓어 등을 내어주는
낙타,
그 낙타를 기르는 일이 참 좋다

* 자르살메르는 인도의 사막여행지

비행기 안에서

- 시간 죽이기 -

3만 피트 하늘 위에서 수십 개의 극장이 일제히 영화를 상영한다. 저마다 다른 언어, 각 사람의 취향에 맞는 영화가 경쟁적으로 상영된다. 단 한 사람을 위하여 많은 배우들이 연기를 한다. 그 어지러운 상공 어딘가에서는, 게임기의 반복적인 폭발음이 들린다. 어떤 이는, 숫자 맞추기 빙고게임에 열을 올린다. 삶의 목표점을 잃어버린 사람들의 공중놀이가 한창이다.

오늘 하루 중, 하늘에서 주어진 특별한 시간을 보내기 위해 갖은 방법이 지루한 시간 죽이기에 동원된다.

그렇게 살아온 것은 아닌지
단 한 번밖에 없는 인생길을 허비하고
후회하듯이 살고 있는 것은 아닌지

시가 그림을 만나다

비 오시는
가을 아침
오색 빛 고운 옷을 입은
사람들이
햇살 한 줌을 마음에 품고
산길에 서 있습니다

관악산을
속 깊게 하는 언어가
고운 그림을 만나
산길을 물들이고

오가는 사람들
마음 마음에
그리움 한 움큼씩 뿌리고 갑니다

* 2018.10.1 관악산 시화전에서

촉잔도권

인생을 그린다
험난한 인생행로
갈수 없는 험로이기에 가야하는 길
험산준령을 넘어 촉으로 가는 길
그곳에 푸른 기운이 일어
한나라의 국운을 세우러 가야만 하는 길

간송 전형필은, 촉잔도권에 반하여
기와집 다섯째 값인 오천 원을 주고 사서
육천 원을 주고 복원한 사람이다
그 어이없음, 간송미술관이 오늘 빛나는 이유다

인생의 머나먼 길 뒤돌아보니
참으로 아름답고 행복했노라
겸허한 마음으로 인생을 읽으니
촉으로 가는 길이 보이고
촉잔도권, 현재가 가는 길을 여니
머리 위로 하얀 구름이 험산준령을 타고 넘는다

* 심사정(玄齋 沈師正, 1707~1769)은 조선남종화의 대가로
  촉잔도권蜀棧圖圈은 그림 폭이 8m로 현재의 대표작

물고기 어항을 떠나다

오늘 새벽
한 여인의 슬픈 소식을 들었습니다
일찍 남편을 보내고 남매를 키워오더니
빛이 보이지 않는 모진 삶에서 돌아섰나봅니다
우울증을 넘어 밝은 옛 모습을 찾았다해
응원의 박수를 보냈는데
그 떠남이 남은 자의 아픔이 됩니다

꼬마물고기 한 쌍을 키웠습니다
어느 날, 한 마리가 사라져 걱정을 합니다
작은 어항속이 답답하여 먼 여행을 떠났을까
홀로 남은 자의 아픔을 넘어서는
그 무슨 사연이 있었을까

그 얼마 후의 일입니다
"물고기가 없어졌어요" 아내의 목소리가 다급합니다
아내는, 홀로 남은 물고기가 안쓰러워
"너는 무슨 재미로 사니?" 쓸쓸하게 묻곤 했는데
하룻밤 새에 사라져버렸습니다

빈궁한 삶의 공간이, 늘 불안한 호흡이
작은 가슴으로 감당하기 너무 힘이 들었을까
틈새에 끼어 말라비틀어지는 순간
가물가물한 목숨이 얼마나 무섭고 떨렸을까
어깨를 짓누르는 일상의 무게가
는개처럼 내려앉을 때
삶의 공허함에 몸서리쳤을
그녀를 생각하니
사람이 사람인 것이 너무 아프다

태풍

낙동강의 녹조가
푸른 강물을 신음하게 한다
누구를 향한 비난도
그 어떤 논리도
생명을 돌아오게 못 한다

문을 열어라
녹색 커튼을 열어 하늘을 보게 하라
은빛 강물 해 아래 빛나게 하라

뒤집어라
저 깊은 강 밑까지 들어가
속속들이 썩어가는 세월의 흔적들을 흔들어라
회오리를 일으켜 깊은 땅 숨 쉬게 하라

흐르게 하라
인간 오욕칠정의 늪을 벗어나
뻐끔거릴지라도 생명의 숨 쉴 수 있도록
그 어설픈 둑을 무너뜨리고
서늘하게 흐르게 하라
낮은 곳으로, 낮은 곳으로 흐르게 하라

소통

바라보는 곳
똑같지 않아도
가는 길
서로 달라도

두 손 잡고
함께
갈 수 있는
그 길

세월, 부부의 길

순간에 순간을 덧대어 살아 온
아슬아슬한 여정에 쌓인
수많은 흔적이 도탑다

장미꽃 앞에서 감탄하던 소녀는
풀꽃에 더 감동하는 속 깊은 여인이 되고
소녀 같은 잔잔한 미소는
울타리를 넘어가는 웃음소리가 되었다
사십여 년을 함께 쌓아온 정이
때로는 익숙함이라는 함정에 빠져
함부로 말하고 투정을 부리기도 한다
나를 받아 줄 유일한 사람이니까
이렇게 어깨를 맞대는 편안함이 있으니까
언제까지 든든한 뒷배가 되리라는 착각에
함부로 살고 있는 것은 아닌지

어쩌면, 우리가 걸어왔던 지난한 삶을
다시 가라면 못 간다할지도 모르는데
나는 오늘도 모르는 채
먼 하늘만 바라보고 있다

* 2019. 5. 3. 결혼 38주년 몽골 여행 중에

솔롱고스

몽골에서는,
한국을 무지개의 나라라 부른다
먼 옛날 고려시대 병자호란 때
짓밟았던 말발굽 아래 유린했던
아름다운 무지갯빛 소녀들의
색동저고리를 생각했을지도 모른다

이제는,
코리안 드림을 꿈꾸고
무지갯빛 소망이 부르는 나라
기회의 땅 솔롱고스

오늘 오랜 원한을 씻으려
맑은 물줄기를 가슴에 담고
찬양하는 사람들 *익투스가 간다
무지갯빛 물보라로
시원한 물줄기로
그 땅의 소망으로 간다

* 익투스남성합창단은 기독교인들이 모여 만든 합창단으
로 2019. 5월 몽골선교연주를 다녀오다.

능선 1

파란 하늘 아래 다소곳이
서 있는 저 능선들
그 부드러움이 어머니 젖무덤이다
작은 계곡을 만들어
생명의 깃발을 올리고
생수를 흐르게 하는 사랑의 몸짓이다

손 맞잡고 내려오는 그 겸손함이
세상 앞에서 큰소리 한 번 없이
어엿한 생명을 키워내신
내 어머니 크신 덕이시라

메마른 계절을 건너 목이 타는
긴 여정에서 만나는 그리운 이시여
오늘은 당신의 그 품 안에
살며시 잠들고 싶습니다

* 2019.5.6. 몽골 테를찌 국립공원에서

능선 2

몽골 땅 오월의 산은 잠잠하다
작은 능선들이 하늘 아래 다소곳하고
산봉우리가 손을 맞잡아
마른 풀을 뜯는 야윈 양들을 보듬어 준다

혹독한 시절을 살아오면서도
원망도 서두름도 없이
한가히 풀을 뜯는 저 양들이
추운 겨울을 난 용사들이다
마른 흙 속에서 수분 한 방울을 찾아
척박한 땅에서 살아야 하는
숨 가쁘고 가슴 아린 사연뿐인데
내려오는 능선은 짐짓 고즈넉한 몸짓이다

높음을 고집하지 않고
스스로 내려오는 겸손함이
광야에 길을 내리라는 말씀을 기다림이요
사막에 강을 내리라 하신 약속을 신뢰함이니
몽골 땅에서
오늘도 생명의 노래가 울려 퍼짐이라

* 2019.5.6. 몽골 테를찌 국립공원에서

청송 가는 길

이제껏
세상살이 동안
숨 가쁘게 달려온 길에
먼지가 펄펄 난다

청송 가는 길
나뭇잎 곱게 물들고
흔들리는 가냘픈 몸짓
누구를 붙잡아두려는지
구부러진 곡선 위에 서있다

기다리는 땅
그곳에 있으니
거친 숨 잠시 멈추고
쉬엄쉬엄 가라한다
자꾸만 옷깃을 잡는다

투영

– 주산지의 왕버들

주왕산에
가을이 왔다
붉나무 잎이 붉어
바람에 한 잎 한 잎 흔들리는 날
주산지 왕버들
차가운 물 속에 발을 담그고
명상이 깊다

가는 나뭇가지가
바람에 흔들리다 숨을 멈춘다
서서히 침잠하는 순간
온몸이 물속에 잠긴다

길 가던
한 사람
우두커니 서 있다
서서히 물속으로 걸어들어 간다

* 2019. 11. 2. 주왕산 주선지에서 수령 150여 년의 왕버
  들을 만나다

제4부
삶을 버티며 사는 거야

찬바람이 일어 밑둥치가 흔들리고
지친 어깨너머로 쓸쓸히 낙엽이 져도
어디선가 황금빛 시선이
내 심금을 울린다면
삶이 얼마나 가슴 벅찰 것인가

산

산 앞에 서 있습니다
산이 내 앞에 있어도
산이 될 수 없습니다
산으로 내가 들어섰을 때
산이 내 안에 들어옵니다
비로소 내가 푸른 숨을 쉬는
나무가 되고 숲이 됩니다

사랑하는 사람이
내 앞에 있어도
하나일 수는 없습니다
내가 들어가 너의 웃음이 되고
네가 들어와 감동이 될 때
우리는 비로소 하나가 되는 것입니다

낡은 배낭

육십여 년을 짊어지고
참으로 먼 길을
동행하던 배낭이

오늘
돌아보니
참
많이
낡았습니다

거울 앞에 선
내
인생의
흔적입니다

아까시나무 아래에서

척박한 땅에 뿌리 내리기
얼마나 힘이 들었을까
투박한 몸에 가시가 섬뜩하다

민둥산에 푸른 숨결일어
산새 소리 돌아오고
고단한 삶의 단내인가
하얀 꽃 타래가 꿀벌을 모은다

내 한 몸 지탱하기도 힘든 세상에
삶이 심히 고단했어도
삼십여 성상을 꿈꾸며 살아왔으니
적으나마 어디엔가 향기 없겠는가

지나온 내 삶의 흔적이
짧은 나의 언어가
누군가를 위하여
작은 위로의 숨결이 되었으면
아까시나무꽃 향기 되었으면

시선

미사리 숲 은사시나무 위에서
솔부엉이 한 마리가
나를 바라본다
황금빛으로 감싸인 까만 눈동자
단 한 번만으로
흔들어버리는 시선

누군가가
수많은 파장의 깊이를 건너
지치지 않는 눈빛으로
나만을 바라보아 준다면
얼마나 기운 차는 일일 것인가

찬바람이 일어 밑둥치가 흔들리고
지친 어깨너머로 쓸쓸히 낙엽이 져도
어디선가 황금빛 시선이
내 심금을 울린다면
삶이 얼마나 가슴 벅찰 것인가

맷집론 2

맷집은,
추상적인 언어가 아니라
버팀의 실제 능력이다
쓰러져도 다시 일어설 수 있는
의지의 힘이다

며칠 전,
차별받아 아프다는 글을 받고
어질어질 현기증을 앓았다
형체도 없는 주먹 한 방에
스르르 무너지는 가슴이여
원망하다가, 자기반성을 하다가
화끈거리는 내상을 다스리지 못하고
또 한 번 뭉그러지는 허약함이여

세월의 연륜보다 더 빠른 속도로
뒷걸음치는 맷집을 보며
삶의 비애에 젖는다
오늘도, 인연의 덫에 갇혀 표류한다

정명론

인생이 가는 길에서
가장 기본이 되는 것은
사람답게 사는 것이다
사람으로 태어났기에
그 본분을 지키는 것이
정명이다

사람마다 공평하게 가진 것이
자신의 이름이다
부모의 소망과 꿈을 담은 이름
그 이름을 지키며 사는 것이
정명이다

언제 어디서나
내가 서 있는 그 자리에
걸맞게 사는 것이 정명이다
나답게 사람답게
사랑받는 사람답게
지키며 살아가는 것이 정명이다

* 정명(正名)은 논어에 나오는 '君君臣臣父父子子'로 '이름을
  바로잡다'라는 의미인데 '~답게'로 표현할 수 있다

7번 방 앞에서

어제부터 내리던 비가
이 새벽에 목청을 더 높인다
오늘은, 한 달 전 예약한
병원 진료가 있는 날이다

신장내과 7번 방 앞에서
풀죽은 모습으로 호명을 기다린다
나름 마음을 다독여보지만
무서운 소리를 듣게 되는 것은 아닐까
가슴이 두근거려 숨이 가쁘다

어느 날, 이 땅을 떠나
하늘의 호출 기다릴 날이 온다면
그 방이 7번 방이었으면 좋겠다
한 번쯤 경험해본,
조금은 낯설지 않은 곳
그곳에서 기다리면 좋겠다
지금처럼 한 편의 글을 쓰며
나 자신을 추스르며 기다릴 수 있는
7번 방 앞이었으면 좋겠다

* 신장이식 수술(2018.1.25) 후 첫 번째 외래진료 받는 날

병원 가는 길

새벽 창가를 두드리는 빗소리에
아침이 열리는 소리를 듣습니다
오늘은, 지난 두 달간의 삶을
정산하러 가는 날, 병원 가는 날입니다

높은 곳에서 낮은 곳으로 내려와
평탄한 길을 걷습니다
눈앞에 이어지는 비탈길에서
숨을 크게 한 번 들이쉬고 뒤를 돌아봅니다
벌써 걸어 온 길이 아득합니다

누군가가 나를 기다리고 있습니다
문이 열리고 빨려들 듯 들어갑니다
목적지가 정해져 있는 듯 거침없이 달려갑니다
그 안에 내가 있습니다

푸른 재킷을 입고
익숙한 걸음으로 걷고 있습니다
내 삶에 간섭되어지는 이 길을
정해진 길이기에 묵묵히 걸어갑니다
그 길을 숙명처럼 걸어갑니다

인생 이야기

인생은, 한 권의 책을 읽는 것입니다
토막 난 이야기처럼 보이지만
진주목걸이 같은 긴 장편을 읽는 것입니다
오늘도, 내 인생을 정의하는 글을
깊은 밤 홀로 그 책을 읽고 있습니다
바람 불어 한 잎 나뭇잎이 떨어지고
내 인생의 한 페이지가 넘어가고 있습니다

인생은, 한 권의 책을 쓰는 일입니다
한평생을 걸고 보이지 않는 마음의 흔들림까지
정직하게 써 내려가는 것입니다

나는, 오늘 '나의 인생'이라는
이 우주에 단 한 권밖에 없는 책을 쓰고 있습니다.
이미 절반을 훌쩍 넘기고 후반부를 써 내려가며
빛살 고운 날줄 위에 아름다운 씨줄을 먹이며
한 권의 책을 쓰고 있습니다

이 밤에 달빛 창가에 서성일 때
고요를 벗 삼아
또 한 페이지를 막 넘기려 합니다

입추에 부르는 노래

옴팡진 자리에 묻혀
느슨하게 몸을 풀고
모락모락 커피 향을 마시며
느릿느릿한 템포에 맞춰
누르스름한 종이에
시의 말을 나열하다가

아, 바로 이거야
가슴 확 트이게 하는
언어 한 조각 얻는다면

금쪽같은 세상에서
막연히 시간을 죽이고 있다는 생각
위축되어지는 내 인생에게
조금은 덜 미안하지 않을까

무더운 여름날
기다리는 입추의 기운처럼
바람 한 줄기 확 불어온다면
오늘이 내 생애 기쁜 날이라
아름답게 노래하지 않을까

금 간 항아리

금이 간 항아리에
꽃이 피었네

무너진 담장 밑에 버림받은
금이 간 항아리 하나
오목조목한 모양이 너그러워
꽃을 심으면
멋진 화분이 되겠네

한낮 두 밤
그리고 여러 날이 지난
어느 날,
가슴에 예쁜 꽃 한 송이 피우면
빛이 머물다간 자리에
이야기가 한 소절쯤 담겨지겠네

금이 간 항아리
웃음꽃 피우면
실패한 삶이 멋지게 일어서는
행복한 이야기 하나 피어나겠네

깊은 밤에도 나무는 푸른 꿈을 꾼다

해 질 녘
거리에 나선다
서서히 찾아오는 밤의 여신들을
깜빡이는 가로등이 앞을 가로막지만
절망처럼 덮여오는 어둠의 공간들
세상 모든 것들이 검은 옷을 입기 시작한다

캄캄한 밤에도
나무는 푸른 옷을 입고
아침을 기다린다
태양처럼 떠오를 소망을 기다리며
푸르게 푸르게
꿈을 꾼다

나무는
깊은 밤에도
홀로
푸른 꿈을 꾼다

그릇의 흠결

– 이 빠진 그릇

꽃 그림이 그려진
동그란 그릇을 선물 받았다
제철 과일이 소복할 때는
살콤달콤한 향이 담겨오고
맛있는 음식이 가득할 때는
착한 식욕이 당겨지는
존귀하게 대접받는 존재감이었는데

어느 날, 아옹다옹 부딪히더니 상처를 입었다
부딪히면 베어버릴 듯 하얗게 날이 섰다
그 안에 담긴 속앓이가 문득 고개를 든다
어쩌면, 오늘 보이는 그 날카로움은
오랜 세월 다독이고 지그시 눌러왔던
원초적인 내면의 칼날이 아닐까

어느 날, 갑자기
덧난 가슴을 휘젓는 것은
상냥함 속에 감춰둔 날선 모질음 아닐까
갑자기 쏟아지는 소낙비에 온몸을 적시고
황당해하는 가을 나뭇잎처럼
으스스 떨고 있다

살아가야 할 많은 날을 위하여

한 여대생이 음주 운전자에게 큰 사고를 당했다. 거울 앞에 당당히 설 수 없는 모습, 다시는 꿈 많던 그 시절로 돌아갈 수 없다는 생각에 가끔은 절망에 빠져 삶의 의미를 놓고 싶을 때도 있었다. 어느 날, 살아가야 할 많은 날을 피해자로만 살 수 없어 '사고를 당했다'라는 말 대신 '사고를 만났다'라고 생각을 바꾸었다. 비록 아름다운 만남은 아니지만, 피할 수 없는 운명처럼 '만났다'고, 세상 길 가는 도중에 우연처럼 만났던 만남은 아픔이었지만, 어쩌면 잘 헤어질 수는 있지 않을까?

삶의 시작이 불행이었을지라도 시작보다 조금만 더 좋아지는 삶을 꿈꿀 수 있다면, 현실이 캄캄한 어두움일지라도 인생이 비극으로 끝나지 않을 것이다. 최상의 행복을 누릴 수 없을지라도 꽤 괜찮은 해피엔딩일 수 있다면

  그것을 볼 수 있는 마음의 시선이
  오늘의 삶에 소망이 된다.

* 2000. 7. 30. 음주운전 교통사고로 전신화상을 입었던 이ㅇ선 씨는 미국에서 12년 만에 박사학위를 받고 귀국 모교인 이화여대 교수로 재직 중임.

공간의 의미

면과 면이 마주 서 있다
서로 다가서려 한 걸음 움직일 때마다
공간은 좁아지거나 넓어지기도 한다
면과 면이 맞닿아 하나가 되는 순간에도
그사이에 서늘한 공간이 있다
앵프라맹스, 인간의 예지로 감지할지라도
그 박빙의 간극을 우린 극복할 수 없다

부산행 열차에 몸을 실었다
열차와 철로 그 간극 사이로
시간이 흐르고 존재가 이동한다
한 사람이 그렇게 길을 가고 있다

내 인생 여정이
흐르는 시간 안에서 부딪히는
수 만 면의 그 공간을 미끄러지듯 가고 있다면
이 땅 여정이 끝나는 날
나는 어느 공간에서
자신을 들여다보고 있을까

* 앵프라맹스(inframince)는 눈으로 식별할 수 없는 초박
  빙의 차이 프랑스 화가 뒤샹이 처음 사용한 말

내 삶의 길을 가며

오늘, 풍경을 담으려 남이섬에 간다
춘천 가도를 달려가는 길
차창 너머로 가을풍경이 미끄러지듯 사라져가고
금빛 낙엽송 사이로 옷을 벗은 나무들이 서 있다
닥쳐올 겨울, 그 찬바람을 맨몸으로 맞을 기세다

가을의 끝자락을 물고 겨울 초입에 들어선 숲에는
이직도 몇 잎 남은 나뭇잎이 바람에 흔들리고 있다
고요가 흐르다 바람 한 줄기 불어오면
저 나뭇잎은 어디로 갈까
어머니 품을 떠나오던 때가 생각난다

숲에 찬바람 불어 적막에 젖어 들면
나는 어디로 가야 하나
내 어머니 기다리시는
본향 길을 찾아갈 수는 있을까

가을이 앞서간 길을 달려간다
아까운 내 삶의 흔적 들을 흘려보내며
또다시 못 올 길을 서둘러 가고 있다

마른 잎으로 산다

남이섬에 와서
호수를 바라보며
마른 잎으로 서 있는
나무를 본다

목마름을 잊고 살리라
물가에 뿌리내려 살고 있지만
오늘은, 저 많은 물을 바라보면서도
목마르다 목이 마르다 바스락거리는
나무를 만났다

언젠가
내 진액이 다 하는 날
나는 어느 강가에서
마른 잎으로 서 있을까

바삭바삭
바람에
영혼을 말리며

삶은 버티며 사는 거야

삶은 버티며 사는 거야
어떤 상황이라도 흔들리지 않는 거야
하얀 서리가 서걱거리는 겨울 벽,
잎사귀 하나 달리지 않은
마른 줄기가 벽을 타고 있다

푸른 꿈을 꾸기 위해서는
오늘을 버티고 사는 거야
손이 부르트도록 벽을 움켜잡고
겨울을 버티고 있는 담쟁이를 보라
계절을 넘기 위해 웅크린 모습

추운 날들을 버티는 저 의지가
메마른 가슴을 덮고
푸른 빛 소망을 주는 거야
삶은, 바람이 거셀수록
더 힘껏 버티는 거야

꽃길 그 이후

길을 가고 있다
꽃길이다
뒤돌아보니
꽃들이 말갛게 웃으며 함께 걷는다

한없이 이어진 길, 나는 꽃길을 가고 있다
다시 한 번 멈춰 서서 좌우를 둘러보니
아, 꽃들이 행진하고 있다

내가 만든 길이 꽃길인 줄 알았는데
내가 가는 길이 꽃길이라 외쳤는데
오늘 나는 비로소 알았다
꽃들이 산뜻하게 나들이 가는 길을
다만, 내가 오늘 이 길을 가고 있다는 것을

긴 여정에 허다한 꽃들이 피어있었다
이제 한 날이 남아 있는 이 길에서
내가 걸어 온 길을 뒤 돌아본다
아득한 그 길에 향기 그윽하다

벽 앞에 서다

아직 한 번도 걸어보지 못한
길을 바라보고 있다
보일 듯 말 듯 그 길에 향기가 난다

경계에 서 있다
새하얀 휘장이 처져 있고
처음 경험한 향기가 배어 있다
영상처럼 꽃잎이 바람에 흔들리는
새하얀 벽 앞에 서 있다

아, 저 길 너머에는 무엇이 있을까
휘장 뒤에 펼쳐질 세상이 궁금하다
어떤 인연의 바람이 불어올까
불러야 할 노랫말은 무엇일까
박사薄紗 같은 얇은 벽 앞에서
경계를 넘지 못하고 서성이다
그만 눈을 뜨고 말았다

지나온 자취마다 꽃향기가 난다
오늘은, 섣달그믐이다

제5부

초승달이 서쪽으로 기울고

가을이 저물어 갑니다
초승달이 서쪽으로 기울고
노인과 늙은 개는
낙엽 길을 바스락바스락 걸어가고
초로의 사내가 깊은 한숨을 쉬고
차가운 벤치에
낙엽 한 잎 누워 있습니다

가을꽃이 되다

– 김순기*님을 생각하며 –

숲이, 꿈을 꾸었습니다
그래서 꿈의숲이 되었습니다
봄바람이 후~후~ 숨을 불어주니
나무마다 연둣빛 옷깃이 펄럭입니다

햇살이 눈부신 날
소낙비 내리더니 잎사귀는 짙푸르고
꿈은 예쁜 꽃이 되었습니다

억새꽃에 갈바람이 불었습니다
숲은, 또 다른 꿈을 위해
고운 꽃빛 옷을 입었습니다
살아 온 날들을 생각하니
참 아득합니다

꽃이 되려나 봅니다
연분홍 날개옷을 입고 하늘하늘 날고 있습니다
이 가을에
더 고운 모습을 보여주고 싶습니다

* 김순기 님은 북서울꿈의숲에서 색연필로 야생화를 그리시던 분

생일선물

새벽하늘을 본다
둥근 달이 하늘 가득하다

오늘은 동짓달 열엿새
내 생일이다

감동이다
이렇게 아름다운 선물을 해마다 주시다니
귀한 이 선물을 왜 받지 못하고 살았을까
내 생애 먹구름이 그리도 많아
두 눈을 가리었구나

이 새벽에 만난 둥근 달
약속의 말씀이다
"내가 너와 함께 하리라"
오늘도 묵묵히 손잡고 걸으시는
삶의 등불이다

* 2018.1.2(음11.16) 새벽기도를 마치고 오는 길에 보름
  달보다 더 둥근 달을 만나다.

노인과 늙은 개

어디선가
싸한 바람 한 줄기 불어옵니다
먼 하늘 초승달이 눈을 깜박일 때
빛바랜 낙엽 한 잎
툭 떨어집니다

어디선가
신발 끄는 소리가 들립니다
한 노인이 지척거리며 낙엽 위를 가고
그 뒤를 늙은 개가 따라갑니다
지친 노인의 발걸음이 외롭습니다

가을이 저물어 갑니다
초승달이 서쪽으로 기울고
노인과 늙은 개는
낙엽 길을 바스락바스락 걸어가고

초로의 사내가 깊은 한숨을 쉬고
차가운 벤치에
낙엽 한 잎 누워 있습니다

이발소에서

팔월 초하루
한 달에 한 번씩 오는 이발소에 앉아
마주 보는 거울 속의 한 사내를 만난다
'세월이 참 빨라요.
머리카락은 왜 이리 빨리 자라는지
한 달이 순간이네요' 사내가 말을 건넨다
순간이라고 말하는 순간을
열두 번 순간처럼 보내면 한해가 지나간다

지난 육십 년이 순간이었다는 것을
나는 이미 알고 있다
남은 나의 날도
순간처럼 느껴지는 순간들이
몇 번 지나면 끝이라는 걸

마주 보는 사내의 표정이 심각하다
몽롱한 시선이 허공에 머물러 있다
그 순간에도, 남은 나의 날이
순간처럼 지나가고 있다

아우를 보며, 병상에서

가을빛이 맑고 푸르다
산비탈에 서 있는 가을은
서서히 발걸음을 남쪽으로 향하고
지나간 자리마다 흔적을 남기고 간다

오롯이 서 있는 한 그루 나무도
잎새마다 바람을 품어
소망이요 기쁨을 주는 날
때로는 밤톨 같은 결실을 나누어
흐뭇한 웃음을 준다

사랑하는 아우가 연둣빛 환자복을 입고
나뭇잎에 스치는 가을바람처럼
가느다란 숨소리로 시간을 부여잡고 있다

아우야,
아픔의 시간일지라도 너무 설워마라
오늘 너머 시간은 하나님의 것이다
그분은 사랑이시다

* 2018. 1. 25. 아우와 함께 신장이식 수술을 하다

퇴원을 준비하며

아흐레 만에 퇴원을 준비하며
병상의 시간들을 되돌아보니
참 감사할 일 뿐입니다

199.1g*의 기적을 보여주셨습니다
그 작은 곳에 생명이 있음을
하나님의 창조의 오묘함과
생명을 나눔으로 둘이 하나가 되는
기적을 보여주셨습니다

모든 것이 당신의 섭리요
야윈 손을 잡을 수 있도록
오늘을 준비하신 것도 당신의 뜻이요
사랑이었음을 알게 하셨습니다

사랑은 생명이요
생명이 사랑인 것을 알게하셨습니다
생명이 당신에게 있으니
하나님은 사랑이심을 고백합니다

* 나의 왼 쪽 신장의 무게

간병과 살인

한 가장이 마흔이 되기 전에 직장에 사표를 내고 아버지 곁으로 돌아왔다. 병든 아버지를 모시기 위한 효심의 결단이었다. 십여 년을 지극정성으로 병간호하는 그를 이웃은 하늘이 낸 효자라 했다.

어느 날,
"아버지 데려갈게, 미안"
한 장의 유서와 함께
싸늘한 주검으로 곁에 누웠다

사랑하는 딸이 아프다. 보이지 않는 것을 보고 소리를 지르니 어미의 복장이 누더기가 된다. 내 속으로 낳은 자식이라 그 아픈 모습을 더 이상 볼 수 없어 어머니는 아무런 대책도 없이 눈물로 그 먼 길을 함께 떠나갔다.

오늘 아침 조간신문에 '간병살인'이라는 말이 나왔다. '치매간병 10년의 비극'이라 쓰고 눈물을 흘리고 있다. 만나선 안 될 인연이 하나로 묶여 아픔이 된다. '간병과 살인'이 만나 만든 비극을 보며 인간의 한없는 나약함, 그것이 슬퍼진다.

오늘 아침방송 주제는 인간의 존엄성이다.

늦은 안부

어느 날, 문득 아내가 묻는다
"저 아래 골목길에 날마다 해바라기 하시던
할머니가 요즘 통 안 보여요."
골목을 지날 때마다 인사를 반갑게 나누던 분이다
녹색 페인트가 너저분하게 벗겨진 철대문 옆에는
언제나 박스와 빈 병이 쌓여 있곤 했다
오늘은 그 자리가 텅 비어 있어 뜨끔하다

지난봄에 수술하신 후
훌쩍 여위셨던 모습이 언뜻 스친다
꽃집 할머니께 조심스레 물어본다
"옆집 할머니 어디 가셨어요?"

"아주 멀리 갔어요. 하늘나라 갔어요"
파란 하늘 뭉게구름을 올려다보시는
꽃집 할머니 눈빛이 흐리다

왔다가 가는 것이 인생이라지만
늦은 안부가 빈 골목에서 맴돌고
녹슨 철제 의자가 영 허전하다

  * 2018.8.27. 지난 8. 6일 돌아가셨다는 할머니 소식을 듣고

곽암, 녹색 머릿결의 그녀가 산다

넘실거리는 파도를 따라
보이지 않는 곳에서
은밀히 춤을 추는
녹색 머릿결의 미녀들이 산다

곽암* 에 모여 사는
청초한 여인들이여
그대들이 품은 그 꿈을
이 땅이 꿈꾸게 하라

저 먼 나라 숨소리에
미역귀를 열어놓고
들숨날숨으로 불어오는 해풍
가슴에 가득 품고 나부끼는
저 고운 녹색 머릿결이
춤추는 곳, 미역바위 아래
소망의 푸른 깃발이 펄럭인다

* 곽암藿巖 : 미역이 붙어 자라는 바위, 미역바위

낙엽과 어머니

곧은
한 줄기
혈맥을 세우고

저 땅 밑에서
사랑을 끌어올리는
탯줄을 연다

생명의 푸른 빛
수만 잎을
또다시 키우는 어머니
올망졸망 자식농사에
진액을 다하셨구나

긴 세월 흘러
기진하여 낯빛 흐려지고
다시 흙으로 돌아가신
어머니가 여기 계신다
내 시린 발등상을 포근히 감싸주신다

너와 나 사이

아주 가까운 거리다
손 내밀면 너의 손을 잡을 수 있고
그 떨리는 맥박으로
그리움의 온도를 알 수 있다

남과 북의 이산가족 만남이 눈물이다
결코 땅이 나뉜 적 없는데
누군가 길을 가로 막고
너와 나 사이에 장벽을 세웠다
너와 나 사이 이리 가까운데
그 사이에 누가 있는가

어느 날 문득 눈을 떠보니
너와 나 사이에
내가 있고 네가 있구나
한 치도 물러설 수 없는 이념의 철갑
너와 내가, 우리를 가로막고 있구나

욕심과 자아도취
나만을 생각하는 먹구름이
너와 나 사이에 어둠을 내리었구나

* 2018.8.23. 이산가족 상봉 소식을 듣고

감사

한 소녀가 울고 있어요
어쩌면 평생을 안고 가야할
고통을 예견했는지
나무십자가 아래 두 손 모은
소녀가 울고 있어요

소녀가,
또 한 소녀의 엄마가 되어 울고 있어요
거친 광야에서 아파하는 어린 소녀를 보고
그 소녀가 오늘,
십자가 밑에서 울고 있어요

긴 세월 고통 속에 흘러갔어도
오늘도 십자가 바라보며 울고 있어요
아무리 거센 풍랑 일어나도
또 살아내야 할 그 길이기에
손잡아 주신 그 분 생각하며
그녀가 울고 있어요

아내와 어머니

아내가 여행을 떠나기 전
밥을 잔뜩 준비해 놓고 갔다
오래 보관하고 먹어도 이상이 없고
그때그때 새로 지은 밥처럼 먹을 수 있는 밥,
햇반, 밥보다 더 맛있는 밥이란다

조리는 간단하다
포장지에 적혀 있는 조리법은
'전자렌즈에 2분만 데우면 끝'
그런데 아내의 당부는 다르다
"전자렌즈에 2분 25초 동안"
30초도 아니고 25초라니

소소한 것 하나도 세상 것이 아닌
내 가족을 위해 하나하나 만들어가는
아내만의 조리법이 따로 있다
엉킨 실타래 풀어가기도 벅찬 세상인데
사랑하는 사람들을 위해
늘 새로운 길을 찾아가는 아내
어느새 진정한 어머니가 되었구나

찢어짐, 생명을 세우다
− 고 신성희 화백의 그림세계

삶은 율동적이다. 한 형태로 존재하는 것이 아니라 수많은 움직임이 만들어내는 흔들림의 집합체다. 잔잔한 바다는 감동이 없다. 바다가 가장 바다스러울 때는 하얗게 부서지는 파도가 밀려오다 부서지고 또 다시 밀려오는 끈기와 거칠음이 있을 때다.

눈부시게 하얀 화폭에 고운 색감을 채색한다. 잔잔한 초원을 그리고 아름다운 꽃을 그린다. 부드러운 곡선이 꽃길을 만들고 바람마저 숨어 사는 평온함을 뿌린다. 몸살을 한다. 살아있는 존재, 숨 쉬는 그림을 만들고 싶다. 잔잔한 초원 위에 날카로운 칼날을 들이댄다. 화폭이 일어선다. 평온이 잠을 깬다. 세워진 공간 속에서 생명은 푸른 숨을 쉬고 길은 상하좌우로 몸부림을 친다.

내가 가는 길은 날 줄 위에
바디를 힘껏 당겨 씨줄을 매기는 길이다
단순한 선이 극복되는 공간에 피륙 한 필이 나온다
찢어지는 비명소리에서 살아 있는 불꽃이 춤을 춘다

* 고 신성희 화백의 그림세계, 2019. 10. 21. 부산행 열차 안에서

꽃길 따라 본향 가시는 길에

– 故 노신영 국무총리를 추모하며. 2019.10.25. –

(I)

가을바람이 나뭇잎을 흔드나 봅니다
오늘 90여 성상, 긴 여정을 마친 한 사람이
먼 길을 떠났습니다
기다림이 있는 본향 찾아가는 길이기에
노래 부르며 춤추는 행복한 길입니다

삼팔선을 넘어 가시밭길을 걸었습니다
자갈길에서 발이 부르트고 눈물도 흘렸으며
때로는 풍랑을 만나 몸부림칠 때도 있었습니다
하나, 넘어질 때도 아주 넘어지지 않고
먹구름 저 멀리 뵈는 파란 하늘을 보았습니다

나라 없는 설움과 동족상잔의 비극 속에
폐허가 된 강산의 울부짖음도 들었습니다
격동의 시대에 갈등과 아픔도 감당했지만
오롯이 한 길을 걸으며 사람을 품고
일꾼을 세우는 지도자의 길을 걸었습니다
정도를 걸으며 나라의 큰 기둥이 되었습니다

(Ⅱ)

십 년 전, 꽃피는 봄날 사랑하는 이내기 떠니고
어느 날, 홀연히 아비 손을 놓고 떠나는 아들,
홀로 먼 길 떠난 아들을 가슴에 묻고
아픔 많은 세상길을 걸으면서 보았습니다
아, 세상 너머 보이는 밝은 길,
그 길을 보았습니다

성전의 뜰을 밟는 것이 기쁨이었고
당신의 눈빛은 빛나고 순전했습니다
당신의 미소는 늘 너그럽고 다정하였으며
당신의 손은 언제나 따뜻하고
당신의 겸손은 항상 감동이었습니다

오늘 꽃보다 더 활짝 웃으시는 모습 속에
당신이 꽃길을 걸어가시는 것을 봅니다
새 하늘과 새 땅을 사모하는 발길이
하늘하늘 춤추며 아름다운 가을 길을 갑니다
본향 찾아가는 길에 꽃향기가 납니다

이제는 세상사 모든 짐 내려놓고
눈물도, 아픔도 없는 그곳에서
영원한 안식을, 영원한 안식을 누리소서!

 * 2019. 10.21. 하늘나라에 가서 대전 현충원에 안장하다

상가에서

- 2018.12.18. 고 홍복희 권사님 상가에서

한 해가 가기 전에
또 하나 슬픈 소식을 듣는다
구십을 넘겼으니 호상이라 하지만
어머니 내 곁에 아니 계심은 똑 같지 않은가

만나면 나누던 외손자들 이야기
아직도 우리 사이에 남아 있는데
먼 여행 떠나시는 길에
따뜻하게 손 한 번 잡아주지 못하고
다정한 눈길 주지 못한 것이
참 마음 아프다

세상 일 무엇이 그리 바쁘다고
사람의 도리 못하고 사는지
오늘 뼈저린 후회를 하지만
내일은 또 다른 길에서
분주하게 뛰어갈 인생

무엇이 중할까?

* 외손주 박상현, 박채린이를 가르쳤던 인연으로 만나면
  아이들 이야기를 하곤 했다.

제6부

본향 찾아가는 길

믿음의 길은 희생이다
고난도 겸허하게 받아드리고
짓밟히면 비스듬히 누워 때를 기다리다
다시 일어난다
믿음은 사랑과 용서다
기름진 땅을 두고 지분을 다투지 않는다
시기와 질투로 스스로를 더럽히지 않고
비난과 충고로 상처를 덧내지 않는다
지긋이 바라보아주고 등 두드려주는 것이다

방패연

겨울바람이 분다
하늘에 마음을 띄운다
가느다란 실오라기 하나에 모두 걸고
가슴이 휑하게 뚫린
방패연 하나
시린 하늘이 푸르다

무슨 사연이 깊어
저리 가슴을 도려내어
찬바람을 맞을까

가슴이 텅 비어 있으니
심장병 걱정은 끝나고
미움도 욕심도 다 비워내니
울화병도 날아가겠다

"마음이 가난한 자는 복이 있나니
하늘나라가 저의 것임이요"*
방패연 하나에 담긴 소망
가벼움으로 하늘을 난다

*성경 마태복음 5장 3절

꽃으로 찾아오신

길이 없는 곳에
길을 열어 인도하신
그곳에
우리 하나님
활짝 웃고 계십니다

하나님 자녀들의 찬송에
나뭇잎 푸른 입술로 노래하고
바람 소리는 아름다운 화음입니다

꽃으로 찾아오신
하나님
당신의 향기로
우리 모두 행복합니다

땅빈대

−일상이 감사다

작은 틈바구니도 축복이다 콘크리트 포장이 아니어서 좋다. 보도블록 사이지만 뿌리내릴 땅이 있어 감사하다. 아무런 거리낌 없이 밟고 지나가도 원망하지 않는다. 그들은 그저 저들의 길을 갈 뿐이고 그곳에 뿌리내려 살고 있으니 누구의 잘못도 아니다. 어쩌면 들뜨기 쉬운 뿌리를 다시 지그시 밟아주는, 겸손할 수밖에 없도록 다져주니 감사하다.

국회에서는 청문회가 한창이다. 조금 더 높은 자리를 차지하겠다고 고개를 들다 민낯을 드러내놓고 만신창이가 된다. 가족과 아이들까지 키 위에 올려놓고 까불러댄다. 통나무 다리 위에서 버둥거리다 내동댕이쳐지기도 한다.

뙤약볕에 땅 위를 기어가는, 땅빈대는 땅 냄새가 너무 좋단다. 가장 낮은 자리에서 느긋하게 기어가니 아무리 짓밟아도 부러질리 없고 거센 풍파에도 꺾일 일 없어 도무지 상처받을 일 없다.

온몸으로 겸손을 땅 위에 쓰며 기어가는
땅빈대의 일상은 늘 감사다

* 땅빈대는 대극과 한해살이풀로 여름철에 보도블록 등
  사람이 많이 다니는 길에 바닥에 납작 엎드려 사는 풀

질경이의 고백

– 신잉

믿음의 길은 희생이다. 고난도 겸허하게 받아드리고 짓밟히면 비스듬히 누워 때를 기다리다 다시 일어난다. 믿음은 사랑과 용서다. 기름진 땅을 두고 지분을 다투지 않는다. 시기와 질투로 스스로를 더럽히지 않고 비난과 충고로 상처를 덧내지 않는다. 지긋이 바라보아 주고 등 두드려주는 것이다.

믿음은 참고 기다리는 것이다. 수없이 짓밟혀도 그곳을 떠나지 않는다. 누웠다 일어서기를 포기하지 않고 작은 대를 세우고 함께 눕고 일어선다. 언젠가는 떠날 이 땅의 아픔을 참고 살아내는 것이다.

믿음은 함께 가는 것이다
가는 길이 험할지라도
소망의 땅 그곳을 바라보고
손잡고 함께 가는 것이다

우산

비 오시는 날
우산을 펼쳐 들고 거리에 나선다
바람의 방향에 따라
기울기를 달리하며 빗길을 걷는다

톡 톡 토독토독
창문을 두드리는 소리가 들린다
똑 똑 또박 또박
발걸음 소리 위로
톡 톡 주르륵 톡 톡
창을 두드리는 소리가 들린다

하늘로 낸 창을 닫아걸고
땅만 바라보고 걷느냐고
언제까지 세상만 바라보고 살 거냐고
호통치는 소리가 들린다

비 오시는 날
우산을 펼쳐 들고 거리를 걸으면
하늘에서 내리는 음성이 들린다

* 2018. 4.23. 병원 가는 길

익투스, 몽골에 가다

하나님이 내신 길
그 길을 따라
한 무리 물고기 떼가 하늘을 날고 있다

모래바람이 부는 언덕을 치달으며
고비사막 태곳적 목마름을 향해
하얀 물줄기로 춤추며
하늘을 날고 있다

"내가 광야의 길을,
사막에 강을 내어
내 백성에게 마시게 하리라"*

광야의 대로를 따라 어여쁜 꽃이 피고
은하수 강가에서 생명의 노랫소리
더불어 찬양하는 하늘의 수많은 별을 찾아
익투스, 찬양의 사람들이
하늘을 날고 있다

* 이사야 43:19~20
* 2019. 5. 3. 몽골행 MIAT 비행기 안에서

애통하는 자는 복이 있나니

굴곡진 인생길에서
꿈을 찾아 떠나온 길
물설고 낯설은 땅에서
믿음의 형제자매를 보내주사
외로움을 위로하신 하나님

인간의 오만과 아집으로
사탄에게 틈새를 보여
믿었던 사람에게 상처받고
고통받은 사람들이 울고 있습니다

낯선 땅에서 친구가 되어주시고
함께 기도할 손을 보내주신 하나님
애통해 하는 자들이 여기에 있습니다
상처받은 것을 아파하는 것보다
사랑으로 이해하고 용서하지 못하고
상처 주었던 자신을 돌아보고 애통합니다
하나님, 저들을 위로하옵소서
다시 한번 이 땅에
그리스도의 푸른 계절이 오게 하소서

성탄절 아침의 노래

아기 예수 오신 성탄의 아침
동방의 박사들 별을 따라
베들레헴으로 인도하듯
이 아침, 우리의 발걸음을
주의 성전으로 이끌어 주시니 감사

세상을 향해 나아가는 걸음걸음이
설렘 가득한 발걸음이 되게 하시고
우리의 호흡이 당신께서 넣어주신
그 숨결이 되게 하소서

성탄의 아침 십자가 아래서
주님의 빛을 사모합니다
빛으로 오신 주여
오늘 이곳에 길 잃어 헤매는
수많은 영혼을 밝은 길로 인도하소서

한 줄기 빛으로 오신 이여
비탄의 눈물 흘리는 영혼들
가슴에 안고, 그 눈물을 닦아 주소서

주님, 딸이 떨고 있어요

주님, 미풍에도 흔들리는
작은 꽃입니다
연약하기에 평생을
주님만 바라보고 살아왔어요

주님만 우러러 사는 딸의 기도를 들어주소서
바람을 원망하지 않게 하시고
그 자리에서 당신을 바라보게 하소서
아주 조금의 향기일지라도
주님을 사모하며 간직한 향기입니다
옥합 깨뜨린 마리아를 품어주신 주님
이 딸의 향기를 받아주소서

세상 바람 앞에
사랑하는 딸이 흔들리고 있어요
바람 속에서 당신의 음성을 듣게 하시고
흘리는 눈물에
주님의 위로를 받게 하소서

* 2018 3. 31. 조○은 씨를 위한 기도

그물을 씻고 있을 때

헬몬산 이슬이 흘러 갈릴리 호수에 하늘빛 물결이 출렁입니다. 받은 은혜 가두어 두지 않고 아래로 아래로 흘려보내니 호수 가득 생명의 빛 일렁입니다. 오늘은 배가 허전합니다. 밤이 새도록 던진 그물 안에는 물고기 한 마리 보이지 않습니다. 지친 몸으로 돌아옵니다. 돌아오는 호수가 참으로 넓기만 합니다.

오늘은, 오늘의 삶을 살았습니다. 못 채워진 욕망만큼 가벼운 배가 하룻길을 돌아옵니다. 얽혀진 그물을 풀고 출렁이는 바닷물에 고단한 하루를 풀어놓습니다. 오늘은 실패했어도 내일을 기다립니다. 갈릴리 푸른 물결이 마음을 다독여 줍니다. 그물을 사려 둘 때 말씀이 찾아옵니다.

"깊은 데로 나가 그물을 던지라"
새벽빛에 물고기가 퍼덕입니다.
세상이 밝아지고
가슴 기슭에 푸른 너울이 출렁입니다.

* 헬몬산(2,814m)은 이스라엘 갈릴리호수 위쪽에 있는 산

요셉의 구덩이

별을 보던 꿈이, 큰 별을 꿈꾸던 삶이 깊은 구덩이
로 떨어지던 날, 열일곱 소년은 무엇을 생각했을까?
사방은 서늘함에 젖어 있는 어두움 애잔한 소년의
목소리는 광야의 구덩이를 맴돌다 돌아오고 세상은,
어둠에 감싸인 절망 "누구라도 곁에 있어 주세요."
아버지도 어머니도 미워하던 형들마저 아무도 남아
있지 않아 소망의 사닥다리가 무너져버린 날, 열 일
곱 요셉은 무엇을 생각했을까?

광야의 구덩이는 오로지 한 곳으로만 창을 낸 곳
소년은, 그 창으로 하늘을 본다. 그곳에 별 하나
소년을 바라본다. 아, 무섭고 외로운 곳에 찾아오
신 그분과 은밀하게 눈 맞춤하는 곳, 그 큰 사랑
에 오롯이 젖어보는 곳

요셉의 구덩이는
절망의 가장 낮은 자리에서
그분만을 의지하는 곳
요셉의 꿈이 춤추기 시작하는
이 땅에서 가장 소망스런 곳

절망의 언덕에서

북풍이 일어 먹구름을 몰고 옵니다
천둥번개가 어둠의 끝자락을 찢어
비명을 지릅니다
사로잡힌 자 절망의 언덕에서
차라리 눈을 감아버립니다
가능성 없는 땅,
검은 그림자가 악악거립니다

가시와 찔레,
전갈 가운데 거할지라도
두려워 말라

그발강*가에서 하늘의 음성이 들립니다
구름 위에 무지개 떠 오르고
절망의 회오리 속에서
당신의 음성을 듣습니다
절망의 언덕에서 하늘을 보니
당신 사랑에 하늘 문이 열립니다

* 에스겔 1장 1~3절

가나안 땅을 향하여

험한 길, 광야에서 바라봅니다
젖과 꿀이 흐르는 땅,
하나님 약속의 땅을 바라봅니다

싯딤에서 이른 아침
고요함 속에서 음성을 듣습니다
안일함의 자리에서 일어나
부름이 있는 요단강가에 섰습니다

흙탕물이 흐르고
강둑을 넘나드는 성난 물결
마음에 두려움 휩싸일지라도
마른 땅으로 만드시고
그 위에 세우시리니
요단강은 가로막는 물결이 아니라
약속의 땅 가나안을 향해
가는 길임을 압니다

* 여호수아 3:1~17

여리고성을 넘어서

요단강을 건너 가나안 땅을 향해 나아가는 길에
거대한 성, 여리고성이 앞을 가로막습니다. 강한
군대, 날 선 병기 없으나 절망하지 않는 것은 그
곳에 당신의 말씀이 있기 때문입니다.

"성곽을 돌고, 마지막 날에 외치라"

눈에 보이지 않아도 무너진 성곽을 봅니다. 침묵
으로 엿새 동안 성을 돕니다. 요단강의 기적을 본
백성들의 조급함을 다독이는 침묵의 명령은 불평불
만 말하지 못하게 하심이요, 마지막 날에 외칠 큰
함성을 위한 다짐 약속의 말씀이 있으니, 기도하며
인내하라는 거룩한 뜻이 담겨 있음을 압니다.

여리고성이 있음은 거친 돌이 아니라
가나안을 향한 걸음걸음의 징검돌로 놓으심이라
오직 하나님 한 분만을 의지하게 하심이니
그곳에 들어감은
오직 하나님의 은혜임을 알게 하심이라

  *여호수아 6: 1~21

찬양하는 사람들, 익투스

저 높은 궁창 아래 푸른 산과 바다를 만드시고 길 없는 곳에 길을 열어주신 여호와여, 당신께서 오늘 우리에게 그 길을 걷게 하셨습니다. 때로는, 험한 고개 가시덤불 굴곡진 세상길에서 눈물 흘린 적도 많았지만 눈을 들어 하늘 길을 바라보게 하시고, 수만 리 머나먼 땅으로 보내 당신의 그 크신 사랑을 찬양하게 하셨습니다.

거룩한 당신 손바닥에 내 이름을 새겨주시고 동에서, 서에서 불러 모아 찬양하는 백성으로 세워주신 하나님! 당신 부르신 그곳에 우리 이렇게 서 있습니다. 어제는 요세미티 높은 산에서, 오늘은 콜로라도 푸른 강가에서 '주 하나님 지으신 모든 세계' 당신의 높고 위대하심을 찬양합니다.

보내주신 그 길에서, 거룩한 성전에서 소리 높여 찬양합니다. 우리들이 부르는 이 노래가 성도들 가슴가슴에 사랑으로 물결치게 하소서. 기쁜 찬양이 되게 하소서. 당신의 사랑 안에서 온유와 겸손으로 다듬어 주시고, 높은음자리와 낮은음자리로 아름다운 화음을 이루게 하소서.

찬양하는 백성들이 모여
익투스의 깃발 아래서 찬양합니다
곡조에 실은 우리의 신앙고백이
하늘로 하늘로 오르게 하소서
거룩하신 당신의 귀에
아름다운 찬양이 되게 하소서
아름다운 찬양이 되게 하소서

본향 찾아가는 길

계절이 왔다 가는 길을 나는 알지 못한다
바람이 가는 길도 알지 못한다
풋감이 주홍빛으로 익어갈 때
여름 지나 가을이 깊어감을 알고
계수나무 노란 잎이 떨어질 때
달콤한 향기 싣고 바람이 지나간 것을 안다

엊그제 사랑하는 분이 떠나가셨다
가을바람 부는 쓸쓸한 언덕 너머로
먼 길 떠나신 그 분은
어디쯤 가고 계실까
나의 영혼은 어디로 갈까?
육체가 그러하듯 온 곳으로 되돌아간다면
그 길은 어디일까 생각해 본다

꽃 속에 웃고 있는 영정을 보면서
아, 본향 찾아가시는구나
아무도 함께 갈 수 없는 그 길을
생시처럼 노래하며 가시는구나
그리운 이 가슴에 품고 내려오는 길가에
쑥부쟁이 하얀 꽃이 울고 있다

* 2019. 10. 14일 소천하신 주성오 장로님 빈소를 다녀오며

바람 바람 바람 바람
– 시련의 시절에 서 있는 사람들을 위하여

바람 바람 1
– 시련의 바람 –

하루하루가
견디기 어려운 아픔이다
얼굴이 창백하고 걸음이 흔들린다
세상 바람이 시린 가슴에 분다

꽃밭에는
시든 꽃이
마른 가지 위에서 바스락거린다
도무지 웃음도 향기도 없다

겨울나무가
오롯이 서 있다
서걱거리는 바람 소리에
벗은 가지가 몸서리를 친다
가만히 다가가 몸을 만져보니
아, 너무 차가워 가슴이 아프다

바람 바람 2

― 소망의 바람 ―

겨울나무가 서 있다
바람에 흔들릴지라도
결코 피하지 않고 고스란히 맞아드린다
믿음 없이는 지킬 수 없는 시련의 땅에서
오로지 작은 생명의 등불을 지키고 있다
행여 바람 불어 꺼질까 봐 심지를 돋우지 못하고
작은 불씨를 가슴에 품고 있다

에스겔 골짜기에 수북한 뼈들
속삭이는 음성을 들었다
부산하게 움직이는 소리
마른 뼈들이 제 짝을 찾아 몸을 만든다

아픔의 세월이지만
그 길 오는 내내 온기가 있다
사랑이다, 자신을 주어 세상을 구원하신
거룩한 사랑의 마음이다
맞잡은 두 손에
따뜻한 피돌기가 이어지고
가슴 맞닿으니 생기가 돈다

바람 바람 3

소생의 바람 -

"내가 생기를 넣으리니
너희가 살아나리라"*
마른 뼈들이 바람을 맞으니
힘줄이 생기고 살이 붙는다
일어나 행오를 갖추니
큰 군대가 되어 우렁차다

세상에 바람이 온다
냉기를 밀어내고 봄바람이 부는 날
추운 겨울을 살아온
산수유 가지 끝에 노란 꽃망울이 터진다
거친 세월을 살아왔지만
그 웃음 참 천진하다

몸이 마르고 아픔의 계절에도
서로를 지켜온 사랑의 숨결이
생명을 소생케 하는 바람 되어
또 하나의 기적을 만든다

* 에스겔 37 : 6,9

바람 바람 4

– 고백의 바람 –

지난해
그 혹독한 추위에서도
약속하신 봄을 기다린 겨울나무가
연둣빛 잎을 피우고 고운 빛 꽃을 피운다

그 어떤 길이여도
예비하신 길 믿음으로 걸으리니
당신 걷는 그 길이 거룩한 꽃길

"하나님을 사랑하는 자
곧 그의 뜻대로 부르심을 입은 자들에게는
모든 것이 합력하여 선을 이루느니라" *
하나님의 약속이 소생케 하는 기적을 이루심이라

"에벤에셀
하나님께서 여기까지 나를 도우셨다"
고백하게 하소서
약속의 말씀 위에 부는 봄바람이 따스하다

* 로마서 8:28
* 2019.12.30. 투병 중인 최ㅇ훈님 가정을 방문하고

베풂 숲에 디디른 가을 詩人
- 銀川 이춘원 시인의 시세계 -

김 재 황

1. 들어가며

이춘원 시인이 제6시집 『해바라기』를 펴낼 때 해설을 썼던 기억이 있다. 그해가 2010년이니 어느덧 13년이 훌쩍 지났다. 그 당시에는, '상황문학회'를 밀고 끌던, 그야말로 그는 새파란 여름을 딛고 살았다. 틈만 있으면 문학기행에 나섰던 정말 신바람 나던 삶의 시기였다. 얼마나 즐거웠던가. 그 후로, 그는 5권의 시집을 더 펴냈고, 공직에서 정년을 맞이하였으며, 여전히 시인과 종교인으로 활동하고 있다.

금번 제12시집 『깊은 밤에도 나무는 푸른 꿈을 꾼다』의 해설을 또 쓰게 되었으니, 감회가 새롭다. 그런데 그도 스스로 그러하게 나이가 지긋이 들었다. 인생의 가을 길을 걷게 되었다. 그러나 그의 가을은 슬픈 계절이 아니다. 오히려 베풂이 충만한 시기이다.

누가 지금까지 읽은 책 중에서 가장 좋은 책을 말하라면, 물론 『성경』이다. 그리고 그다음으로 내세울 만한 책으로는 『노자도덕경』이 있다. 이 책을 통하여 노자는, 우리 인생에서 가장 중요한 두 가지인, '길 道'과 '베풂 德'을 밝혔기 때문이다. 시인에게 있어서 '시'

를 쓰는 일이 바로 그 '길'이요 그 길을 가면서 '남'을 아끼는 일이 바로 그 '베풂'이다.

삶에 있어서 봄에 꽃이 피고 여름에 열매를 키우는 일이 모두 성실한 '길'의 일이지만, 특히 가을은 여문 열매를 내주는 '베풂'의 일을 행한다. 그도 이제 인생에서 베풂의 계절인 가을의 문턱을 넘었다. 이는, 의식을 지니든 안 지니든, 그가 내놓은 작품들에 그 빛깔이 나타나기 마련이다. 그러면 지금부터 가을이 묻어 있는 그 작품들을 하나하나 꺼내어서 살펴보고자 한다.

2. 가을 숲의 이야기들

참 오래
이곳에 서 있었다
한 번도
자리를 떠나지 않은 채
오늘도, 여기에 서 있다

같이 살던 사람들이
수없이 떠나가고
이제는 텅 빈 집을 지키고 있다
사람이 떠난 집은
참 쓸쓸하다

그 모습을 우두커니
바라보노라니
스쳐간 인연들이 생각나

눈이 젖는다
땅이 ~~오롱~~
황금빛 눈물바다다.

- 詩 「나무의 서사시」 전문

이 작품에는 '나는 은행나무'라는 부제가 붙어 있
다. 그리고 맨 아래에는 '아산시 배방읍에 맹사성 21
대손이 사는 고택에는 700년 된 은행나무가 늠름하
다.'라고 씌어 있다. '황금빛 눈물바다!' 이는, 떨어져 쌓
여 있는 은행나무 잎에 대한 슬픈 느낌이다. 왜 슬픈가?
스쳐간 인연들이 그립기 때문이다. 그게 황금빛으로 값
을 지닌다.

시인의 느낌이야 그렇더라도, 나무가 가을에 잎을
떨어뜨리는 것은 '다가올 겨울을 대비하는 베풂'이다.
스스로 떨어져서 나무의 부담을 덜어 주는 일도 눈물
겨운 베풂이지만, '추위를 견디어야 하는 뿌리' 위에
푹신한 덮개가 되어 주는 일도 크나큰 베풂이 아닐
수 없다. 고전 『노자도덕경』을 본다.

높은 베풂은 베풂이라고 하지 않는다. 그러므로 베
풂이 있다. 낮은 베풂은 베풂을 잃지 않으려고 한다.
그러므로 베풂이 없다. 높은 베풂은 함이 없으면서 함
을 생각함이 없고, 낮은 베풂은 이를 하면서 함을 생
각함이 있다. 높은 어짊은 하면서도 함을 생각함이 없
고, 높은 옳음은 하면서도 함을 생각함이 있으며 높은
몸가짐은 하면서도 따르지 않으면 곧 팔을 걷어붙이
고 억지로 하게 한다.(上德不德 是以有德. 下德不失德

135

是以無德. 上德無爲而無以爲 下德爲之而有以爲. 上仁
爲之而無以爲 上義爲之而有以爲 上禮爲之而莫之應 則攘
臂而扔之.)

노자도덕경 38장 중에서

나는 떨어진 은행나무 잎을 보며 '높은 베풂'을 생각
한다. 결코 의도적인 게 아니라 스스로 그러하다. 베풂
을 베풂이라고 생각하는 바가 없으니 그 큼이 있다.

어느 날, 먼 나라 전설처럼 서 있던
상수리나무가 파랗게 질려 있다
(도토리거위벌레가 톱날을 들이댄 것이다)
무참히 잘려 나간 어린 가지가
풋열매를 달고 속절없이 떨어져 버린 날
감당할 수 없는 상처를 안고
상수리나무가 하르르 떨고 있다

― 詩 「상수리나무를 만나다」 중에서

상수리나무는 비교적 큰 나무들이 많다. 그 이유가
분명히 있다. 재목으로 쓸모가 없는 나무라고 생각하
여 사람들이 벌목하지 않았기 때문이다. 그래서 아름
드리 상수리나무들의 숲의 전설이 되고, 숲의 지킴이
가 된다. 마치 한 가정의 아버지 모습이다. 상수리나
무는 가난하던 시절 우리 민족에게 귀한 먹을 거리를
준 고마운 나무다. 몽진을 가던 임금님의 수라상에까
지 올랐다 하여 얻은 이름이다. 그런데, 상수리나무는
작은 벌레에게 까지도 덕을 베푸는 덕의 나무다. '도

토리거위벌레'는 상수리나무를 비롯한 도토리를 맺는 나무들이 열매를 맺으면 풋 열매 속에나 알을 낳는다. 그리고, 그 열매가 달린 작은 가지를 잘라서 땅에 떨어뜨린다. 그 안에서 부화하고 성충이 될 때까지 풍부한 먹이를 먹고 자란다. 어미가 자식을 키우는 기막힌 방법보다는 작은 벌레까지도 키워내는 상수리나무가 아픔을 감내하는 모습이 귀하다.

이 시에서는 상수리나무가 베풂을 위해 겪는 아픔을 볼 수 있다. '감당할 수 없는 상처를 안고/ 상수리나무가 하르르 떨고 있다.' 벌레들이 톱날을 들이대니 어찌 떨지 않을 수 있겠는가. 목숨을 가진 이상, 나무든 사람이든 근심이 끊일 날이 없다.

속절없이 늙어가는 몸
깊은 주름살에
달콤한 맛이 들고
이 가을에
빙긋이 미소 짓는
세월이
바람 곁에 서 있다

— 詩 「가을대추」 중에서

이 시의 내용으로 보아서 나무 자체가 아니라, 열매를 가리키고 있는 게 분명하다. 핵과(核果)인 대추 열매는 길둥글거나 공 모양이고 9~10월에 적갈색(赤褐色) 또는 암갈색(暗褐色)으로 익는다. 열매는 먹을 수는 있지만 과육이 적다. '동의보감'에 의하면, 묏대추나무의 씨는 '산조인酸棗仁'이라고 하여 '속이 답답해서 잠을 질 자지 못하는 증상, 배꼽의 위아래가 아플 때, 피가 섞인 설사 증상, 식은땀이 날 때 등에 효과가 있다.'라고 한다. 그래서 '간의 기능을 보호하며 힘줄과 뼈를 튼튼하게 한다.'라고 소개하고 있다. 병을 치료하는 효능을 지녔으니 그 어찌 베풂이 크지 않을 수 있겠는가. 그런 의미에서 '가을대추'는 군자의 나무라고 아니할 수 없다. 고전『논어』를 본다.

공자가 말했다. "군자는 베풂을 생각하고 소인은 땅을 생각하며, 군자는 형벌을 생각하고 소인은 은혜를 생각한다."
(子曰 君子 懷德 小人 懷土, 君子 懷刑 小人 懷惠)
[논어 이인 11]

여기에서 잠깐, 작품 중 '바람 곁에 서 있다'를 본다. 이 문장에서 말하는 '바람'은 '다의어多義語, polysemy'이다. 이처럼 다의적인 것을 시어의 애매성曖昧性, ambiguity이라고 한다. 즉, 이 바람은 '부는 바람' 풍風과 '마음에 지니는 바람' 소망所望을 나타낸다. 그러므로 시에서 괄호 안에 한자를 넣으면 안 된다. 그게 바로 독자에게 고정관념固定觀念을 심어 주게 된다. 독자는 작품을 읽으며 마음껏 '상상의 날개'를 펼칠 수 있어야 한다. 이는 오히려 '시의 특성이며 중요한 자산'이다. 시가 일반 산문처럼 길지는 않다. 하지만 그이상의 많은 의미와 감정을 담을 수 있다. 이는, 바로

이 '애매성' 때문이기도 하다.

　늦은 아침
　아파트 현관을 나서는데
　싸한 바람 한 줄기가
　빠른 걸음으로 들어온다

　한 손에 들려 있는
　붉은 감잎 하나
　가을빛이 물들었다
　　　　　　　－ 詩 「**가을빛 감잎에 들다**」 중에서

　붉은 감잎은 그냥 잎이 아니다. 수줍음에 물든 순이의 낯빛이다. 그렇다면 가을은 순이의 모습이 될 수 있지 않을까. 그렇듯 가을은 시인의 품으로 안겨든다. 그러니 어찌 사랑스럽지 아니하겠는가. 그러나 붉은 감잎 속에는 순이만 들어 있는 게 아니다. 친구도 들어 있고 형제도 들어 있다. 고전 『논어』에는 다음과 같은 내용이 있다.

　제자인 자로가 "어떻게 하면 선비라고 할 수 있겠습니까?"라고 여쭈니, 공자께서 말씀하시기를 "정성스럽고 자상하면 가히 선비라고 이를 것이니, 곧 친구에게는 정성스럽고 자상하며 형제간에는 기뻐하고 기뻐하라."라고 하셨다.
(子路 問曰 何如 斯可謂之士矣. 子曰 切切偲偲 怡怡如也 可謂士矣 朋友 切切偲偲 兄弟 怡怡)　[논어 자로 28]

　여기에서 '절절'은 '성의를 다하여 권하는 모양'을

가리키고, '시시'는 '자세히 고하는 모양'을 나타낸다고 한다. 물론, '붕우'라고 한다면 그냥 아무 곳에서나 막 사귄 사람이 아니라, 함께 공부한 '학우'성도로 여러 사람이 이해하고 있다.

　나뭇잎은 나무의 생명이고
　나무는 나뭇잎의 고향

　나는
　나뭇잎이고
　너는
　한 그루 나무다
　　　　　　　　　　　　　－ 詩 「**나무와 나뭇잎**」 중에서

　나무와 나뭇잎이 한 몸이라는 사실을 모르는 사람이 없다. 그런데 내가 나뭇잎이고 너는 한 그루 나무라니! 이건 무슨 말인가. 나와 너는 지극히 가까운 사이이고 나는 언제든지 너를 위해 내 목숨을 희생할 수 있다는 뜻이 아닐까. 그런데 『시경』에는 다음과 같은 노래가 있다.

　蘀兮蘀兮 낙엽이여 낙엽이여
　風其吹女 바람이 너에게 불고 있네
　叔兮伯兮 삼남이여 장남이여
　倡予和女 나에게 노래하면 너에게 응답하리.

　蘀兮蘀兮 낙엽이여 낙엽이여
　風其漂女 바람이 너에게 떠서 흐르네
　叔兮伯兮 삼남이여 장남이여

倡予要女 나에게 노래하면 너에게 화답하리.

— 정풍 중 「**탁혜**」 전문

놀랍게도 고전인 여기에서는, 낙엽이 '총각'과 '처녀'의 마음을 대변한다. 평석評釋을 보면, '이것은 비교적 오래된 詩일 것이다. 바람에 불려 떨어지는 나뭇잎의 필연성必然性이, 부르기만 하면 달려갈 애정愛情을 불러일으킨 것'이라고 되어 있다.

나는 어머니의 꽃이었을까
어머니에게 어떤 열매였을까
바람 부는 날 행여 떨어질세라
노심초사 깊은 한숨이었을까

어머니가 떠나시고
가을하늘이 더 높아진 것은
때늦은 후회에 눈물 흘리는
자식의 한숨, 그 아득함이라

— 詩 「**가을하늘이 높은 이유**」 중에서

어머니에게 자식은 꽃이고 열매며, 그 삶의 전부일 터이다. 시인은 자식을 키우기 위해 희생하신 어머니에 대한 안타까움과 후회, 그리움을 노래하고 있다. '어머니가 떠나가시고/ 가을하늘이 더 높아진 것은' 맑고 푸른 하늘을 보며 떠나가신 어머니를 생각하니, 한량없는 어머니의 은혜와 한없이 부족한 자식의 정성을 비교할 수 없어 안타까워하고 있다.

『논어』를 보면 자식에 대한 부모의 마음이 한마디로 표현되어 있다. 그야말로 '일발필중 一發必中'이다.

　맹무백이 효를 물으니, 공자께서 말씀하셨다. "부모는 오직 자식들이 아플까 봐 걱정한다."
(孟武伯 問孝. 子曰 父母 唯其疾之憂)　　[논어 위정 6]

　특히 어머니의 자식에 대한 사랑은 절대적이다. 그런데 이게 '내리사랑'이라는 데 문제가 있다. 어떤 자식이 어머니의 이 지극한 사랑을 반이라도 갚을 수 있겠는가. 그런가 하면, 고전 『맹자』에는 다음과 같은 글귀가 있다.

　맹자께서 말씀하셨다. "길은 가까운 데 있음에도 멀리서 찾고, 일은 쉬운 데 있음에도 어려운 데서 찾는다. 사람과 사람이 자기 부모를 부모로 섬기고, 자기 어른을 어른으로 섬기면 천하는 화평해진다."
(孟子曰 道在爾而求諸遠 事在易而求諸難 人人 親其親 長其長 而天下平)　　　　　　[맹자 이루 장구 상 11]

　북한강 가에
　양철나무 한 그루가 서 있다

　찌그러지고 뒤틀어진
　열매를 주렁주렁 달고
　바람이라도 불어오면
　막걸리 거나하게 취한 촌부처럼
　쉰 목소리로 노래를 부른다

덜그럭덜그럭 노래를 부른다

사람은 그 열매로
됨됨이를 알 수 있다는데
나는 무슨 열매를 맺고 있는가
바람을 만나면 어떤 노래를 부를까
오늘 부를 나의 노래는 무엇일까

- 詩 「양철나무」 전문

'양철나무'란 '양철로 만든 나무'일 성싶다. 찌그러
진 열매를 달고 있을 뿐만 아니라, 덜그럭덜그럭 노래
를 부른다. 양철로 된 열매들이 강바람에 덜그럭거리
는 소리를 듣고, 시인은 자신을 들여다본다. 향기 진
꽃이 못 되고, 탐스런 열매하나 맺지 못한 지난 삶을
뒤돌아본다. 자신의 존재 이유와 존재 가치에 대한 질
문을 스스로 하는 진솔한 시인의 고뇌를 발견한다. 하
지만, 열매로 말하자면, '아주 못생겼는데, 노래는 무
척이나 향기로운' 나무가 있다. 그 나무는 바로 모과
나무이다. 시인이라면 누구나 모과나무를 닮고자 할
것이다.

'모과'는 『시경』에도 등장한다. 그 향기가 한 몫 한다.

投我以木瓜　　나에게 모과를 던져 주기에
報之以瓊琚　　어여쁜 패옥으로 갚아 주었지
匪報也　　　　갚자는 게 아니라
永以爲好也　　오래 좋게 지내보자고.

- 작품 위풍 「모과」 중에서

이는, 그 당시에 마음에 드는 사람에게 향기로운
과일을 던지면 이쪽은 이쪽대로 구슬을 던지고---.
남녀의 즐거운 시시덕거림이 눈에 보이는 듯싶다고
적어놓았다. 말하자면 그 향기로 사랑을 얻는다는 말
이다. 정말이지, 사람들도 짝의 선택은 여자가 하는
게 옳다. 그게 자연의 법칙이다. 장끼가 아름다운 깃
털을 세우고 언덕 위에서 멋지게 목소리를 내면, 풀숲
에 숨은 까투리가 그 모양을 보고 마음에 들어야(건강
한 게 멋지기에) 그 가까이 간다. 왜 그럴까? 까투리
는 오직 '튼튼한' 꺼병이를 원하기 때문이다.

비 오시는
가을 아침
오색 빛 고운 옷을 입은
사람들이
햇살 한 줌을 마음에 품고
산길에 서 있습니다

관악산을
속 깊게 하는 언어가
고운 그림을 만나
산길을 물들이고

오가는 사람들
마음 마음에
그리움 한 움큼씩 뿌리고 갑니다

　　　　　　　　− 詩 「**시가 그림을 만나다**」 전문

'시가 그림을 만남'은 '시화전'을 뜻한다. 그림과 언어가 만나 산길을 붙늘이고, 이를 보는 사람들에게는 마음에 그리움을 남게 한다는 이야기이다. 그런데 '왜 시화전은 가을에 열어야만 하는가?'라는 의문을 가질 수 있다. 그 해답이 고전 『노자도덕경』에 있다.

'가장 좋은 것은 물과 같다. 물은 모든 것에게 잘 보탬이 되게 하면서도 다투지 않고, 뭇사람이 꺼리는 곳에 머무른다. 그 까닭에 길과 거의 가깝다. 앉는 곳은 땅이 좋아야 하고, 마음은 깊어야 좋으며, 주는 것은 어질어야 좋고, 말은 믿음이 있어야 좋으며, 본보기는 다스림이 좋아야 하고, 일은 잘해야 좋으며, 움직임은 때가 좋아야 한다. 무릇 오직 다투지 않는다. 그 까닭에 허물이 없다.'

(上善若水 水善利萬物而不爭 處衆人之所惡 故幾於道.
居善地 心善淵 與善仁 言善信 正善治 事善能 動善時.
夫唯不爭 故無尤)   [노자도덕경 제8장]

이 글 중에서 특히 '움직임은 때가 좋아야 한다.'를 주의 깊게 보아야 한다. 시화전을 열려면 장소도 중요하겠지만, 특히 때를 잘 골라야 한다. 한여름에 시화전을 개최한다거나 한겨울에 시화전을 개최한다면 누가 그 시화전을 보려고 가겠는가. 봄이라고 해도 꽃을 보려고 떠나는 사람을 막기 어렵다. 가을에 시화전 개최를 정했기에, 비가 오는 날인데도 관람객이 왔다고 본다.

주산지 왕버들
차가운 물 속에 발을 담그고
명상이 깊다

가는 나뭇가지가
바람에 흔들리다 숨을 멈춘다
서서히 침잠하는 순간
온몸이 물속에 잠긴다

– 詩 「투영」 중에서

　시인은 주왕산 주산지의 수령 150여 년의 왕버들을 본 듯하다. 왕버들은 누구나 좋아하는 나무이다. 특히 농촌에서 어렸을 적에는 나이 많은 왕버들을 타고 놀기도 한다. 지금도 언제나 많은 사람이 보라매공원의 물가에 서 있는 왕버들 그늘을 찾는다. 그 앞에는 멋진 팔각정이 있다. 이 고목 왕버들을 만나면 모두가 늘 어린아이처럼 된다. 물론 오래전의 일이지만, 문우들과 주산지의 왕버들도 만난 적이 있다. 물속에 발을 딛고 있으니, 첨벙첨벙 찾아 들어가서 함께 놀고 싶은 충동을 느꼈다. 동심을 일으키는 왕버들! 고전 『맹자』에는 다음과 같은 글이 있다.

　맹자께서 말씀하셨다. "대인은 그 어린이 때의 마음을 잃지 않는다."

(孟子曰 大人者 不失其赤子之心者也)

[맹자 이루장구 하 12]

　여기에서의 '적자지심'은 '어린이 그대로의 순진한 마음'을 나타낸다.

3. 인생여정의 숲 이야기들

육십여 년을 짊어지고
참으로 먼 길을
동행하던 배낭이

오늘
돌아보니
참
많이 낡았습니다.

- 詩 「낡은 배낭」 중에서

  여기에서 말하는 '배낭'은 아마도 시인 자신의 '몸'
을 가리키는 성싶다. 실제로 하나의 '배낭'을 육십 년
동안 맬 수도 있겠지만, 시에서의 '은유'를 무시하면
무미건조해진다. '낡은 배낭', 다시 말해서 '늙은 몸'
을 보면 안쓰러운 마음이 든다. 그렇지만 그 '낡은
배낭'에 시인의 정신과 삶의 가치가 담겨 있다. 한평
생을 담고 가는 그 몸, 이제는 낡아지고 보살핌이 필
요할 때가 되었다고 느끼는 시인의 눈빛이 보인다.
고전 『노자도덕경』을 보면, 우리의 몸에 관한 이야기
가 적나라하게 적혀 있다.

  '귀염받음과 미움받음이 두려움과 같고, 큰 근심이
몸과 같이 빼어나다. 어찌 귀염받음과 미움받음이 두
려움과 같은가? 귀염받음은 아래를 잘 되게 함이니

그걸 얻어도 두려움과 같고 그걸 잃어도 두려움과 같다. 이를 일컬어서 '귀염받음과 미움받음이 두려움과 같다.'라고 한다.

어찌 큰 근심이 몸과 같이 빼어나다고 일컫는가? 나에게 큰 근심이 있는 까닭은 '나에게 몸이 있다.'라고 하기 때문이다. 내가 몸이 없음에 이르면 나에게 무슨 근심이 있겠는가.

그 까닭에 '몸을 빼어나게 여기는 마음으로 하늘 아래를 빼어나게 여긴다면 하늘 아래를 부쳐도 옳을 것 같고, 몸을 아끼는 마음으로 하늘 아래를 아낀다면 하늘 아래를 맡겨도 옳을 것 같다.'
(寵辱若驚 貴大患若身 何謂寵辱若驚? 寵爲下 得之若驚 失之若驚 是謂寵辱若驚 何謂貴大患若身? 吾所以有大患者 爲吾有身 及吾無身 吾有何患. 故貴以身爲天下 若可寄天下 愛以身爲天下 若可託天下)

[노자도덕경 제13장]

'내가 몸이 없음에 이르면 나에게 무슨 근심이 있겠는가.'라는 말이 우레 소리로 내 가슴에 와 닿는다. 모든 일이, 몸을 잘 지키기 위해 일어나지 않는가. 몸이 없다면 근심도 없겠지만 즐거움도 없게 된다. 넋이 있다고 한들 그게 무슨 가치가 있겠는가. 그러므로 살아 있는 동안에 무엇보다도 몸을 빼어나게 여겨야 한다.

사람마다 공평하게 가진 것이

자신의 이름이다
부모의 소망과 꿈을 남은 이름
그 이름을 지키며 사는 것이
정명이다.

— 詩 「정명론」 중에서

이 작품의 아래에는 다음과 같은 글이 붙어 있다. "'정명'(正名)은 논어에 나오는 '君君臣臣父父子子'로 '이름을 바로잡다.'라는 의미인데 '~답게'로 표현할 수 있다." 고전 『논어』에 나오는 이야기다.

제경공이 공자께 정치를 물으니, 공자께서 "임금은 임금답게 신하는 신하답게 아버지는 아버지답게 아들은 아들답게 할 것입니다."라고 하셨다. 제경공이 "참 좋은 말씀입니다. 진실로 임금이 임금답지 못하고, 신하가 신하답지 못하고, 아버지가 아버지답지 못하고, 아들이 아들답지 못하면 비록 곡식이 많이 있어도 내 어찌 그것을 먹을 수 있겠습니까." 하였다.
(齊景公 問政於孔子 孔子 對曰 君君臣臣父父子子. 公曰善哉. 信如君不君 臣不臣 父不父 子不子 雖有粟 吾得而食諸)   [논어 안연 11]

또, 이름에 관한 이야기는, 고전 『노자도덕경』에 다음과 같이 기술되어 있다.

'길은 늘 그러한 이름이 없으니, 통나무 같은 수수함은 비록 작으나 하늘 아래 그 누구도 신하로 삼을

수 없다. 작은 나라의 임금이 만약에 잘 지킬 수 있
으면 모든 것이 앞의 어느 때에 스스로 따르게 한다.
하늘과 땅이 서로 모이고 이로써 달콤한 이슬이 내린
다. 나라 사람은 시키지 않아도 스스로 고르다. 처음
으로 만들 때 이름이 있으니, 이름 또한 이미 있으면
대저 이 또한 어느 때에 그칠 줄 알아야 한다. 그칠
줄 안다면 말 그대로 틀림없이 위태롭지 않다. 빗대어
말하건대 길이 하늘 아래 머물러 있음은 골짜기의 냇
물이 강과 바다로 흘러듦과 비슷하다.'

(道常無名 樸雖小 天下莫能臣也. 候王若能守之 萬物將
自賓. 天地相合 以降甘露 民莫之令 而自均. 始制有名
名亦旣有 夫亦將知止. 知止 可以不殆. 譬道之在天下 猶
川谷之於江海)　　　　　　　　　　　[노자도덕경 제32장]

옴팡진 자리에 묻혀
느슨하게 몸을 풀고
모락모락 커피 향을 마시며
느릿느릿한 템포에 맞춰
누르스름한 종이에
시의 말을 나열하다가

아, 바로 이거야
가슴을 탁 트이게 하는
언어 한 조각 얻는다면

금쪽같은 세상에서
막연히 시간을 죽이고 있다는 생각

위축되어지는 내 인생에게

조금은 덜 미안하지 않을까

- 詩 「입추에 부르는 노래」 중에서

시를 쓰는 마음이 '인仁'에 드는 방법임을 아는 사람은 다 안다. 그래서, 시인은 한 편의 작품을 얻기 위해서 얼마나 애쓰고 고뇌하는지, 자신의 삶을 가치 있게 하고자 노력하는 가를 알 수 있다. 공자는 이 '어짊에 드는 일'이 얼마나 어려운 일인가를 지적했다. 그 이야기가 고전 『논어』에 담겨 있다.

공자께서 말씀하셨다. "안회는 그 마음이 석 달을 지나도 '어짊'에 어긋나지 않았는데, 그 나머지는 하루 한 번이나 한 달에 한 번을 '어짊'에 이르고 만다."

(子曰 回也 其心 三月不違仁 其餘則日月至焉而已矣.)

[논어 옹야 5]

그런가 하면, 이 '어짊' 인仁의 실마리에 관한 이야기가 고전 『맹자』에 다음과 같이 씌어 있기도 하다.

맹자께서 말씀하셨다.

"사람은 누구나 '차마 남에게 어떠한 일을 하지 못하는 마음'이 있다. 옛날의 어진 왕들先王은 '차마 남에게 어떠한 일을 하지 못하는 마음'이 있어서 또한 남에게 '차마 남에게 어떠한 일을 하지 못하는 정치'를 하였다. 그러니 '차마 남에게 어떠한 일을 하지 못하는 마음'을 가지고 '차마 남에게 어떠한 일을 하지 못하는 정치'를 한다면, 천하를 다스리기는 손바닥 위에서 물건을 움직이기처럼 쉬운 일이다. '사람들이 모두 차마 남에게 어떠한 일을 하지 못하는 마음이 있다.'라고 말하는 까닭은 이러하다. 이제 사람들이 우물에 빠지려는 어린아이를 문득 보았다고 하면, 모두 깜짝 놀라고 불쌍히 여기는 마음이 일어나게 된다. 그 까닭은 그 어린아이의 부모와 사귐이 있어서도 아니고 동네 사람과 벗들에게 칭찬받으려는 것도 아니며 구해 주지 않았다는 소리를 듣기 싫어서도 아니다."

(孟子曰 人皆有不忍人之心. 先王有不忍人之心, 斯有不忍人之政矣. 以不忍人之心, 行不忍人之政, 治天下可運於掌上. 所以謂人皆有不忍人之心者, 今人乍見孺子 將入於井 皆有怵惕惻隱之心 非所以內交於孺子之父母也, 非所以要譽於鄕朋友也, 非惡其聲而然也.)

『맹자』 공손추 장구 상 6. 중에서

억새꽃에 갈바람이 불었습니다
숲은, 또 다른 꿈을 위해
고운 꽃빛 옷을 입었습니다
살아 온 날들을 생각하니
참 아득합니다

― 詩 **「가을꽃이 되다」** 중에서

이 작품은 부제로 '김순기 님을 생각하며'가 붙어 있고, 작품 끝에는 '김순기 님은 북서울꿈의숲에서 색연필로 야생화를 그리시던 분'이라는 설명이 있다. 그

모습이 억새꽃에 어울려서 아련하게 나타나는 느낌이
든다. 아, 하늘공원의 억새가 아름다웠다! 그 억새 숲
안에 숨은 '야고'는 잘 있는지! 이런 곳으로 가면, 무
엇보다 눈이 호사를 누리게 된다. '눈이 보는 것'은
바로 '마음의 움직임'이다. 그 마음이 그림으로 다시
나타난다. 고전『대학』에는 다음과 같은 글이 있다.

마음이 여기 있지 않으면 보아도 보이지 않고 들어
도 들리지 않으며 먹어도 그 맛을 알지 못한다.
(心不在焉 視而不見 聽而不聞 食而不知其味)

[대학 장구28]

그뿐만 아니라, 고전『맹자』에는 다음과 같은 '눈
에 관한 이야기'가 담겨 있다.

맹자께서 말씀하셨다. "사람에게 갖추어져 있는 것
가운데 눈보다 착한 것이 없으니 눈동자는 그 사람의
악을 가리지 못한다. 마음속이 바르면 눈동자가 맑고
마음속이 바르지 못하면 눈동자가 흐리다. 그 말을 듣
고 그 눈동자를 보면 사람이 어찌 그 본심을 속일 수
있겠는가?"
(孟子曰 存乎人者 莫良於眸子 眸子 不能掩其惡 胸中
正則眸子 瞭焉 胸中 不正則眸子 眊焉. 聽其言也 觀其
眸子 人焉廋哉)

[맹자 이루 장구 상 15]

이와 맥을 같이하는 또 한 작품을 본다.

미사리 숲 은사시나무 위에서
솔부엉이 한 마리가
니를 바라본다
황금빛으로 감싸인 까만 눈동자

— 詩 「시선」 중에서

이 작품을 읽으면, "아무리 어두운 세상일지라도 저 부엉이의 '황금빛으로 감싸인 까만 눈동자'처럼 맑고 바르게 살아야 하겠다."라는 마음을 갖게 된다.

시에 있어서 '시인이 자기의 느낌을 그림 그리듯이 글로써 디자인하는 일'이 있다. 이를 '형상화形象化'라고 한다. 다시 말하면, '형상화'란, 어떤 감동의 단서를 시인이 어떤 생각에 따라 예술적으로 다시 창조하는 것을 가리키는 성싶다. 더 쉽게 말하면 '시인이 모든 감각기관을 통하여 어떤 느낌을 받았을 때, 그것을 그림을 그리듯 설명이 아닌 묘사로 나타내는 것'을 이른다. 이는, 시를 꽃으로 만드는 핵심적 요소이다. 거기에서 아름다운 모습을 볼 수도 있고 아름다운 소리도 들을 수 있으며 향기로운 냄새도 맡을 수 있고 좋은 맛도 즐길 수 있다. 게다가 촉감까지 느낄 수 있다. 이게 바로 '시의 형상화'이다. 그렇기에 화가는 시인과 가장 가깝다.

어디선가
싸한 바람 한 줄기 불어옵니다
먼 하늘 초승달이 눈을 깜박일 때

빛바랜 낙엽 한 잎
툭 떨어집니다

어디선가
신발 끄는 소리가 들립니다
한 노인이 지척거리며 낙엽 위를 가고
그 뒤를 늙은 개가 따라갑니다
지친 노인의 발걸음이 외롭습니다

가을이 저물어 갑니다
초승달이 서쪽으로 기울고
노인과 늙은 개는
낙엽 길을 바스락바스락 걸어가고

초로의 사내가 깊은 한숨을 쉬고
차가운 벤치에
낙엽 한 잎 누워 있습니다.

                          － 詩 「노인과 늙은 개」 전문

   물론, 여기에서 '초로의 사내'는 시인 자신일 성싶
다. 그가 벤치에 앉아서 걸어오고 있는 '노인과 늙은
개'를 바라보고 있다. 그 모습이 '벤치에 누워 있는
낙엽'과 오버랩된다. 그런데 왜 그는 한숨을 쉴까?
어쩌면 그도 싯다르타처럼 '사람은 왜 늙어야만 하는
가?'를 묻고 있는 것인지도 모른다. 아니 또 어쩌면
'노인'은 미래의 시인 자신'이고 '늙은 개'는 두려
움의 그 '그림자'가 아니었을까? 그렇다면, 미래의 내 모습을 조금 더 떳떳하고 당당하게 만들어야 하지 않을까. 열심히 일한 만큼 노인은 존중받아야 한다. 지금의 이 나라는 그런 노인들이 만들어 놓은 게 아닌가. 그런 뜻에서 '늙은 개'와는 달리, 긍정적으로 등장하는 게 '부엉이'이다.

> 억새 바람 스산한 숲속에
> 텅 빈 마음으로 사색하는
> 솔부엉이 한 마리
> 매운바람 속에서
> 또 한 세월을 견디고 있다.
> — 詩 「사색하는 부엉이」 중에서

여기의 솔부엉이도 '시인 자신'으로 본다. '세월을 견딘다는 말'은 세월에 맞선다는 말'이기도 하다. 사색에서 그치는 게 아니라, 당당히 앞으로 나선다는 뜻이다. 과거에 우리가 밤잠을 덜 자고 일했던 것처럼, 다시 부방 앞에서」, 「병원 가는 길」 그리고 「퇴원을 준비하며」 등이다.

시의 원류인 『시경』에는 형제애에 대한 시가 다음과 같이 들어 있다.

儐爾籩豆   맛있는 안주를 차려 놓고
飮酒之飫   배부르게 술을 마시어도
兄弟旣具   형제가 모두 모여야

和樂且孺　어린애처럼 화목하고 즐겁다네.

妻子好合　아내도 자식들도 뜻이 맞아서
如鼓瑟琴　금과 슬이 어울리듯 하려면
兄弟旣翕　형제가 다 모여 앉게 된 후에야
和樂且湛　깊은 물처럼 화목하고 즐겁다네.
　　　　　　- 시경 소아 녹명지십 「**상체**」 중에서

　이 '상체常棣'라는 나무는, 우리나라에서 '산사나
무'라고 부른다. 산사나무는 그 학명이 '*Crataegus
pinnatifida*'이다. 속명屬名인 'Crataegus'는 희랍어
'kratos'(力:힘)와 'agein'(갖다)의 합성어라고 한
다. 이 나무의 꽃은 연인을 생각나게 하고, 이 나무의
열매는 형제를 생각하게 한다. 산사나무의 열매는 작
고 둥근 적색인데 우애 좋은 형제처럼 모여서 매달린
다. 이 열매를 산사자山査子라고 하는데 신맛이 있으며
약용 및 식용한다.

4. 본향 찾아가는 숲 이야기

길이 없는 곳에
길을 열어 인도하신
그곳에
우리 하나님
활짝 웃고 계십니다

— 詩 「꽃으로 찾아오신」 중에서

이 작품을 읽으면 쉽게 '구절초'가 떠오른다. 하양게 웃고 있는 구절초! 이 구절초는 가을의 꽃이다. 여러 사람이 구절초를 무척이나 좋아하는데, 이따금 '그분이 구절초의 모습'으로 나타난 게 아닐까 하는 생각을 하곤 한다. 그처럼 순결한 모습의 꽃이라니, 정말이지 '참된 마음'을 지녔을 듯싶다. 이에 관한 이야기가 고전 『중용』에 다음과 같이 들어 있다.

'참된 마음인 바로 그것은 하늘의 길이다. 그리고 참된 마음을 지니려고 하는 것은 사람의 길이다. 참된 마음인 바로 그것은 힘쓰지 않아도 들어맞고 바라지 않아도 얻게 되며 차분하고 찬찬해도 길에 알맞으니 '거룩한 이'라고 할 수 있다. 참된 마음을 지니려고 하는 것은 착함을 골라서 굳게 잡는 사람의 일이다.
(誠者 天之道也. 誠之者 人之道也 誠者 不勉而中 不思而得 從容中道 聖人也. 誠之者 擇善而固執之者也)

[중용 제20장 애공문정장 75]

이춘원 시인이 신앙인인 만큼, 이 시집에 실린 모든 작품에 그 믿음이 담겨 있다. 그러나 작품 「꽃으로 찾아오신」은 본격적인 '신앙 시'라고 할 수 있다. 작품 「방패연」 「익투스, 몽골에 가다」 「애통하는 자는 복이 있나니」 「성탄절 아침의 노래」 「주님, 딸이 떨고 있어요」 「그물을 씻고 있을 때」 「요셉의 구덩이」 「절망의 언덕에서」 「가나안 땅을 향하여」 「여리고성을 넘어서」 「찬양하는 사람들, 익투스」 등이 모두 그렇다.

하늘로 낸 창을 닫아걸고
땅만 바라보고 걷느냐고
언제까지 세상만 바라보고 살 거냐고
호통치는 소리가 들린다

비 오시는 날
우산을 펼쳐 들고 거리를 걸으면
하늘에서 내리는 음성이 들린다

― 詩 「우산」 중에서

이 작품은 병원 가는 길에 쓴 시다. 시인이 '하늘의 호통 소리'를 들었을 때는 분명히 봄이다. 그러나 이 작품을 읽으며 '가을비'를 생각한다. 그리고 아침에 내리는 비가 아니라, 저물녘에 내리는 비를 생각한다. 이때 우산을 받고 걸어가는데 호통치는 '하늘 소리'를 듣는다면 더욱 무서울 터이다. 인생의 가을! 낙엽처럼 하늘로 갈 날이 얼마 안 남았으니 어찌 그렇지 않겠는가.

그러나 '하늘 소리'는 다른 말로는 '천명'이다. 스스로 천명을 제대로 따랐다면 또 무잇을 두려워하셨는가. 스스로 최선을 나했으면 묵묵히 하늘의 처분을 기다리면 된다. 문득 고전 『맹자』의 한 구절이 떠오른다.

맹자께서 말씀하셨다. "자기의 마음을 다하는 사람은 자기의 본성을 알고, 본성을 알면 하늘을 알게 된다. 자기 마음을 보존하여 본성을 기르는 것은 하늘을 섬기는 것이요. 단명하거나 장수하거나 개의치 않고 몸을 닦아서 천명을 기다림은 천명을 온전히 하는 것이다."

(孟子曰 盡其心者 知其性也. 知其性則知天矣. 存其心 養其性 所以事天也. 殀壽 不貳 脩身以俟之 所以立命也)

엊그제 사랑하는 분이 떠나가셨다
가을바람 부는 쓸쓸한 언덕 너머로
먼 길 떠나신 그 분은
어디쯤 가고 계실까
나의 영혼은 어디로 갈까?
육체가 그러하듯 온 곳으로 되돌아간다면
그 길은 어디일까 생각해본다

꽃 속에 웃고 있는 영정을 보면서
아, 본향 찾아가시는구나
아무도 함께 갈 수 없는 그 길을
생시처럼 노래하며 가시는구나

그리운 이 가슴에 품고 내려오는 길가에

쑥부쟁이 하얀 꽃이 울고 있나

– 詩「본향 찾아가는 길」중에서

이 작품의 맨 아래를 보면 '빈소를 다녀오며'라고
되어 있다. 가까이 지내던 분을 멀리 보내고 나면 쓸
쓸하지 않을 수 없다. 그러나 누구나 다 가는 길이기
에, 본향을 찾아간다고 노래했다. 고전 『대학』에는 이
런 글귀가 있다.

　시는 이른다. "아아, 떠난 임금을 잊지 못하네."
'베풂이 높은 사람'은 그 어짊을 어질게 여기고 그 가
까움을 가깝게 여기며, '마음이 작은 사람'은 그 즐
거움을 즐겁게 여기고 그 이로움을 이롭게 여긴다. 이
때문에 세상을 떠났는데도 잊지 못한다.
(詩云'於戱(乎) 前王不忘' 君子 賢其賢而親其親 小人
樂其樂而利其利. 此以沒世不忘也) 　[대학장구 전3. 20.]

'그 어짊을 어질게 여기고 그 가까움을 가깝게 여기
는 것'! 그 이야기를 구체적으로 나타낸 작품도 있다.

몽골에서

죽음은

'자연으로부터 와서

자연으로 돌아가는 것'

주검으로 넓은 바위에 누워

배고픈 새들을 기다리는 것

– 詩「조장」중에서

'본향을 찾아가는 길'은 바로 '죽음'을 가리키고, 그게 '자연으로부터 와서 자연으로 돌아가는 것'이다. 시신까지도 배고픈 새들에게 내주는 일이야말로 진정한 '어짊'이 아니겠는가. 또한, '새들'도 어엿한 우리의 가까운 이웃이니 무엇을 아끼겠는가.

5. 글을 맺으며

이 시집의 전체 주제는 '소망'과 '일으켜 세움'이다. 그것을 떠받들고 있는 것은 믿음이다. 自序에서 볼 수 있듯이 현실의 벽에 부딪쳐 아파하고 절망하는 사람들에게 반드시 찾아 올 빛의 시간을 기다리라고 한다. 나무가 숲의 주인공으로 살아가는 것은 그들에게 절망의 시간이 없어서가 아니라, 하늘의 빛을 볼 수 없는 캄캄한 밤에도 절망하지 않고 푸른 꿈을 꾸고 있기 때문이다. 시인이 알고 있고 믿고, 바라고 있는 것을 나누어 주고자 하는 안타까움이 담겨져 있다. 이춘원 시인의 신앙이요, 실천하고 살아가고자 하는 베풂이라고 생각한다.

가을에 숲이 아름다운 까닭은, 떠날 때가 가까워진 잎들이 착해졌기 때문이라고 생각한다. 이를 가리켜서 '유종有終의 미美'라고 하는 성싶다. 이는 '한번 시작한 일을 끝까지 잘하여 끝맺음이 좋음'을 일컫는 말이다. 그러니 시인은, '한번 시작한' 시작詩作을 마지막 그때까지 잘하여 끝맺음이 좋아야 한다. 이게 바로 천명天命이니 어쩔 수 없다.

그뿐만 아니라, 시인은 또한 선비이니 마지막 그 순간까지 '수신修身'을 게으르게 하여서는 안 된다. 그리고 또 수신의 방편方便이 곧 시작詩作이기도 하다. 게다가 '어짊'에 머무르는 방법이 여기에 있고 '베풂' 또한 여기 있으니, 시작詩作이야말로 '일석사조一石四鳥'가 아니겠는가.

아름다운 단풍이 우리에게 전하는 말이 무엇일까를 생각해 본다. 착한 잎들이 마지막으로 전하는 말! 그것은 단음절로 '서恕'일 거라는 믿음이 있다. 공자가 제자 자공에게 일평생 가슴에 품고 살라고 이르신 '단 한 글자!' 이 글자를 아주 쉽게 풀면, '이웃을 네 몸처럼 사랑하라.'라는 뜻이라고 한다. 그렇다. 이렇듯 '아끼는 마음'이 시에 나타날 터이다. 이춘원 시인의 단풍처럼 눈부신 베풂을 기대해 마지않는다.

(녹색시인회 회장)

銀川 이춘원 제12시집

깊은 밤에도
나무는 푸른 꿈을 꾼다

초판 발행일 2023년 10월 10일
지은이 이 춘 원
펴낸이 김 선 자
펴낸곳 도서출판 태영
등 록 제2018-000071호
주 소 서울시 충무로 5길 11, 5층
전 화 02)2266-0412
E-mail parkjs@naver.com

편 집 김선자
디자인 박태영

ISBN
정 가 10,000원